| 光明社科文库 |

玫瑰赏析

与爱的感悟

董榆萍◎著

光明日报出版社

图书在版编目（CIP）数据

玫瑰赏析与爱的感悟 / 董榆萍著 .-- 北京：光明日报出版社，2018.12

ISBN 978-7-5194-4789-2

Ⅰ.①玫… Ⅱ.①董… Ⅲ.①世界文学—文学评论—文集 Ⅳ.①I106-53

中国版本图书馆 CIP 数据核字（2018）第 281685 号

玫瑰赏析与爱的感悟

MEIGUI SHANGXI YU AIDE GANWU

著　　者：董榆萍

责任编辑：许　怡　　　　责任校对：赵鸣鸣

封面设计：中联学林　　　　责任印制：曹　诤

出版发行：光明日报出版社

地　　址：北京市西城区永安路 106 号，100050

电　　话：010-67078251（咨询），63131930(邮购)

传　　真：010-67078227，67078255

网　　址：http://book.gmw.cn

E - mail：xuyi@gmw.cn

法律顾问：北京德恒律师事务所龚柳方律师，电话：010-67019571

印　　刷：三河市华东印刷有限公司

装　　订：三河市华东印刷有限公司

本书如有破损、缺页、装订错误，请与本社联系调换

开　　本：170mm × 240mm

字　　数：165 千字　　　　印　张：12

版　　次：2019 年 1 月第 1 版　　　　印　次：2019 年 1 月第 1 次印刷

书　　号：ISBN 978-7-5194-4789-2

定　　价：68.00 元

自　序

玫瑰是美之花，更是爱之花。玫瑰是爱的代名词。一朵玫瑰，一颗丹心，一个爱的天堂。每个人心里都住着一朵红红的玫瑰，我对玫瑰的喜爱和研究始于那颗“红玫瑰的心”。

红玫瑰的心

我读研究生最末一学期时，Herring 教授应邀从美国 Baylor 大学来上海给我们上“文体学”课程。上第一节课时，Herring 教授神秘地给我们六位研究生每人发了一张卡片，要求我们用英文工工整整写上课程名称、姓名、生日、爱好、住址以及将来的工作打算。我们为此纳闷不已。

Herring 教授不久解开了这个谜。那天上课与平时没有两样，可开始讲课前教授却慈祥温和地看着我微笑，忽然他面向大家说道：“今天是黛比的生日，祝你生日快乐，黛比！”一股暖流涌遍我全身，这可能吗？这可是我有生以来第一位向我祝贺生日快乐的老师啊！

接着教授变戏法似的从一个小盒子里取出一件东西，他说：“黛比，听说你要留校任教，这颗‘心’会对你有益的。”他把一颗用陶瓷制成的红彤彤的“心”递给我，这是一颗圆润饱满、鲜红欲滴的“心”，“心”蒂处缀着一根金色的细丝带……我捧着这颗“心”，沉甸甸的，因为我捧着的是 Herring 教授那颗赤诚无价的丹心啊！

不久，教授回国了，我也留校做了一名教师。上第一节课时，我也请每位学生填写了一张卡片。那一届，学生的生日成了我的节日，我成了他们可敬的老师和朋友。

转眼要考试了，有一天我特意到教室答疑。当教室里只剩下我和梅时，梅忽然从书桌里取出一枝红玫瑰递给我："祝您生日快乐，老师！"梅羞涩地说："您是我人生中第一位祝福我生日的老师，但愿我能成为第一位祝福您生日的学生。"梅青春的脸颊泛着红晕。

教室里弥漫着舒爽的玫瑰花香，我和梅静静地沐浴在幸福里，倏地，我眼前闪现出 Herring 教授赠给我的那颗丹心，幸福的泪水从我眼眶漾满而出，朦胧中一句语丝浮现于我脑海："给人玫瑰花，手上常有一缕芳香。"呵，爱的接力棒，红玫瑰的心！

董榆萍

（摘自上海《新民晚报》1994年11月14日 第十三版）

目　录

CONTENTS

第一部分

红玫瑰的象征意义

玫瑰是爱情之花，是仁爱之花，它承载着人类的美好情感和愿望。愿她能脱离清教压抑人性的黑暗统治，真正回归爱情，成为真正甜美爱情的象征和载体，这是霍桑在《红字》中传递出的美好心愿和理想。以玫瑰娇艳的“美”和“善”压过黑色之花的“丑”和“恶”，让世人平等地共享爱的光辉，这是霍桑乌托邦似的理想，也是世人的期盼。

论霍桑《红字》中玫瑰的象征意义

《红字》（*The Scarlet Letter*）是19世纪美国小说家纳撒尼尔·霍桑（Nathaniel Hawthorne，1804-1864）于1850年发表的一部小说。霍桑以美国清教徒的历史为主题背景，运用象征的表现手法，刻画了一个发生在17世纪北美新英格兰地区波士顿的爱情悲剧故事。霍桑作为美国象征主义的鼻祖，以其代表作《红字》开创了美国小说象征主义的先河。在《红字》中不仅“红字”本身和几个主人翁的名字寓意深刻，连一些自然界的东西：如玫瑰、森林、阳光、流星、盔甲等都充满了丰富的象征意义。作为一部探讨爱情观和伦理观的小说，霍桑自然采撷了“爱情之花”——玫瑰来表现“爱”的主题，但他却赋予玫瑰隐晦的象征意义和多姿多彩的内涵。

由于霍桑对于原手稿中所提及的盛开的玫瑰丛有些困惑不解，他对玫瑰，特别是牢门侧的玫瑰丛的解释呈现了多样性。但最后他似乎对自己的解释也不置可否，使玫瑰丛的象征意义更为微妙和晦涩。给读者制造了悬念，同时也留给读者很大的自由联想空间。

本文从二元对立的角度来解析霍桑《红字》中玫瑰的象征意义。在《红字》中，明暗、冷暖、甘苦、进退等一系列相互对立的状态，精彩地呈现了玫瑰的张力，揭示出其所蕴涵的情与理的深度与广度。

1.“暗”与“明”的二元对立

在众多带有象征意义的自然物品中，“玫瑰”几乎是最先被提及的，可见霍桑给予玫瑰举足轻重的地位。小说第一章“牢门”是全书的“楔子”，而第一章中的“玫瑰”意象则是整个爱情故事的“引子”。它是在“暗”与“明”和“冷”与“暖”的激烈较量中出场的。“暗”与“明”的二元对立和“冷”与“暖”的二元对立赋予“玫瑰”这种普通的花卉以沉重的精神内涵。

首先，霍桑以阴暗的色彩拉开了整个故事的序幕。牢门外围观等候的人身着的衣服色泽黯淡（sad-coloured garments），头戴的尖角帽灰不溜秋（grey steep-crowned hats），更让人触目惊心的是草地上疯长着的牛蒡、蒺藜、金鸡纳等植物居然开出的是黑色的花——文明社会监狱的象征（the black flower of civilized society, a prison）……在这些令人感到压抑、窒息的暗淡色彩的铺垫下，玫瑰以其鲜艳、明亮的色彩闪亮登场了：

> “But on one side of the portable, and rooted almost at the threshold, was a wild rose-bush, covered, in this month of June, with its delicate gems, which might be imagined to offer their fragrance and fragile beauty to the prisoner as he went in, and to the condemned criminal as he came forth to his doom, in token that the deep heart of Nature could pity and be kind to him.”（Hawthorne，1992：35-36）

在这里，玫瑰象征着博爱。在六月阳光的照耀下，玫瑰以娇艳的宝石般的花朵撩人情思，霍桑以“gem”（宝石）一词来描摹玫瑰，使人联想起那让人爱不释手的珍贵的红宝石。沐浴着阳光，红宝石般的玫瑰花蕾越发显得鲜艳夺目、摇曳生辉，与周围的阴暗色彩形成了鲜明的对照，造成巨大的心理反差。红艳艳的玫瑰让人眼前一亮，她所带来的强大的视觉冲击力震撼着人的心灵，温暖着人沮丧的心情。

经历“暗”与“明”的较量后，玫瑰成了博爱的象征。造物主以博大的胸怀把玫瑰馥郁的香味和绰约的丰姿让世人分享。具体来说，玫瑰承载着造物主博大精深的爱，盛开在牢门外其实是在把怜悯与仁慈分给进出监牢的囚犯，让爱来美化囚犯的生活、净化囚犯的心灵。“由于玫瑰丛似乎是大自然给予罪犯的怜悯，因此玫瑰丛从本质上与海丝特相关联，几乎成了海丝特的象征”（Colacurcio，2005：304）。

但是故事的主人公海丝特出狱后，并没有与世人共享到造物主施与的博大的爱。博爱的理想只是清教徒社会缔造者乌托邦似的理想。自从海丝特胸前佩戴上象征通奸（Adultery）的红 A 字后，她就被清教徒社会所摒弃。她带着女儿离群索居，住在小镇与森林的边缘地带，成为文明社会与荒蛮世界的边缘人。她们在夹缝中生存，游离于主流社会之外，享受不到爱的阳光普照。霍桑借助“玫瑰”这一意象，以矛盾的表现手法刻画了清教徒社会中人性的多面性和生活的残酷性，使玫瑰所承载的精神内涵更加立体化，而不是平面化。

其次，在“暗”与“明”的二元对立中，霍桑还着力表现玫瑰出淤泥而不染的特质。霍桑运用夸张的手法描写牛蒡、蒺藜、金鸡纳等植物，它们大概在监狱旁的泥土里汲取到了某些与犯罪、罪恶性质相投的养料，竟开出黑色的花……但在相同的环境中，玫瑰绽放的却是宝石般的红艳艳的花朵。对比何等鲜明！对玫瑰、蒺藜等自然界中如此普通的植物霍桑赋予了复杂的社会景观的意义，其实霍桑是以玫瑰卓尔不群的特质来暗示女主人公海丝特在黑暗的清教统治下不亢不卑、刚正不阿的坚强性格。玫瑰在一定程度上是海丝特刚毅性格和反抗精神的一个载体。

2. “冷”与“暖”的二元对立

除了“暗”与“明”的二元对立，霍桑在第一章“牢门”中还采用了“冷”与“暖”的二元对立来深化玫瑰的象征意义。霍桑以描写监狱的“冷”映衬出玫瑰的充满激情的“暖”。

霍桑先以生动的笔触勾勒了一幅早期北美殖民地政权统治下的阴郁惨淡的画面——17世纪波士顿骇人的狱门：厚重的橡木牢门上布满了尖锐的铁钉（studded with iron spikes）。尖利的铁钉让人望而生畏、不寒而栗。牢门上笨重的铁件被岁月腐蚀得锈迹斑斑，使阴暗的门面更显得阴森恐怖，给人一种冰冷冷的感觉。无论新殖民地的创始人多么乐观，他们还是修建起了监狱和墓地。关押罪犯的监狱是冰冷的，因为它是剥夺人自由、禁锢人身的地方。这座17世纪的波士顿监狱既象征着清教徒统治者至高无上的权威，也象征着清教徒必须恪守的法典是何等的苛刻和严酷。

在这种阴冷而郁闷的氛围中，玫瑰花丛却在牢门一侧轰轰烈烈地盛开着。玫瑰是一种带着鲜艳色彩的暖色调的花，她的出现温暖着人的心，让人心里贮满暖意，使被牢门禁锢的冷漠的心炽热起来、燃烧起来。在这里，玫瑰象征着澎湃的激情和无畏的勇气。

首先，玫瑰是激情的象征。《红字》的女主人公海丝特犯的是“激情之罪”。先期到达新英格兰地区的她，举目无亲、茕茕孑立。在丈夫杳无音信的情况下，她与丁梅斯代尔牧师相爱了。在爱的激情中他们偷食了“爱之果”、偷采了“爱之花”，后来海丝特勇敢地生下了他们爱的结晶——珠儿，结果海丝特被判终身佩带象征通奸的红A字，以示警诫和惩罚。在海丝特出场前，霍桑浓墨重彩地描写玫瑰，在一定程度上将海丝特类比为活力四射的玫瑰。

但值得特别注意的是，霍桑描写的是“野”玫瑰丛（a wild rose-bush）。一个“野”字赋予了玫瑰狂野不拘、特立独行的个性，暗示玫瑰丛带有一种与生俱来的顽强生命力的激情。在漫长的岁月里，连遮蔽它的一棵棵参天的松树和如盖的橡树都倒毙而亡了，这丛野玫瑰居然经受住了古老荒原（the stern old wilderness）的严峻考验而存活下来，这无疑是一个生命的奇迹。

这丛野玫瑰的命运也为红字佩带者海丝特的命运埋下了伏笔。野玫瑰花在六月灿烂的阳光下生机勃勃地怒放，这暗示着男女主人公正处在激情的顶峰。但激情燃烧后会化成灰烬，就像玫瑰盛开后会凋零一样，以后等待他们的生活更为严峻、更为漫长。这年年岁岁轮回开放、绽放激情的野玫瑰丛昭示了男女主人公、特别是女主人公海丝特的未来生活。带着女儿生活在荒野边缘的海丝特被清教徒社会所排斥，但她们母女像玫瑰花一样在荒野中寻到了自由。荒野的世界是一个在清教徒严厉的教规和法律管辖之外的世界，是一个能让人随意呼吸到清新空气的自由世界。既然柔弱的玫瑰花在荒野中能存活，那孤苦伶仃的海丝特母女也能在这歧视他们的清教徒社会中幸存。

但是在艰难的环境中求生存需要极大的勇气。因此象征海丝特的玫瑰也应承载"勇气"的内涵。前文所阐述的"玫瑰象征着激情"这一观点，主要是从玫瑰花的自然属性和内在属性来解析。"玫瑰象征着勇气"这一观点就应从历史和文化所赋予玫瑰花的外在属性和历史渊源来进行阐述，而霍桑正是这样叙述和描写的。为了点出"勇气"的主题，霍桑在猜测这丛野玫瑰花的起源时，通过玫瑰间接地把她与历史人物安妮 . 赫钦森（Ann Hutchinson）相类比：

> "This rose-bush, by a strange chance, has been kept alive in history···or whether, as there is fair authority for believing, it had sprung up under the footsteps of the sainted Ann Hutchinson as she entered the prison-door···"（Hawthorne，1992：36）

安妮·赫钦森（1591-1643）是位教士，她1643年由英国移居北美，因不满清教徒的教义，传授个人的宗教主张“唯信仰主义”而遭到北美清教徒政权拘捕并从马萨诸塞被流放。当然，海丝特与赫钦森所从事的事业有着天壤之别，本不可相提并论。但她们俩有一个共同之处就是都是“非凡的妇女”（extraordinary woman）（Colacurcio，2005：306），都是男性统治社会中的受欺凌者。她们之所以被挑选出来接受惩罚，是因为她们都与当时社会所公认的知识（才智）领袖和精神领袖——牧师（pastor）有着某种特别的关系（Colacurcio，2005：306）。由于她们性格中带着叛逆、生活中敢于思索、勇于追求，因此她们有勇气挑战当时社会的法令、法规。在第十三章中，霍桑又将海丝特与赫钦森相提并论：

> “Yet, had little Pearl never come to her from the spiritual world, it might have been far otherwise. Then she might have come down to us in history, hand in hand with Ann Hutchinson, as the foundress of a religious sect.”（Hawthorne，1992：123）

当然，海丝特不可能与赫钦森携手共进，并作为一个教派的女创始人而彪炳史册。但赫钦森进出过牢门，海丝特也进出过牢门，故从抽象意义上说，海丝特踏过赫钦森的足迹。霍桑不置可否地臆测牢门前的玫瑰是否在赫钦森进入牢门时足迹所踏之处长出来的呢？她们的足迹之所以能留下玫瑰与玫瑰的起源传说有关。根据希腊神话传说，玫瑰是从垂死的美少年阿多尼斯的鲜血中生长出来的，而阿多尼斯是爱与美的女神阿芙洛狄特爱恋的对象。当这位女神从海洋里诞生后，她赤足走在布满荆棘的路上。锋利的荆棘刺伤了她的脚，她脚上流出的鲜血便化为一朵朵红艳艳的玫瑰花。玫瑰象征他们的爱情，因此玫瑰也成了爱神的象征。

但在海丝特身上，玫瑰象征的不仅是醉人的爱情和喷薄的激情，玫瑰象征的更是内在的、持久的勇气。在《红字》开篇时男女主人公之间的爱情故事已告结束，作者为我们所描述的是他们在漫长的岁月中的赎罪过程和经历，他们内心所承受的煎熬与挣扎。作者没有为这对恋人所犯的罪孽唱赞歌，而是赞颂了在赎罪的过程中以海丝特为代表的妇女的内心的道德成长。

所以霍桑从监狱外这丛怒放的玫瑰花中采摘了其中的一朵，把它作为“甜蜜的道德花卉”（sweet moral blossom）（Hawthorne，1992：36）奉献给读者。以此讲述《红字》这个带着道德寓意的故事。霍桑通过象征手法和细腻的心理描写，描绘了海丝特的“认罪——孤立——忏悔——与人们融洽”的复杂的心理过程（宁倩，1983：34）。海丝特被示众、被判罚，成为终生“佩带红字者”（the wearer of the scarlet letter）。虽然她被众人歧视、被孤立，成为社会的边缘人物，但她面对艰难的处境表现出了极大的勇气。她以针线活谋生，在物质和精神生活很清贫、很匮乏的艰难困苦中，她没有抱怨生活没有放弃追求，而是把红字刺绣得闪闪发光，把自己和女儿的生活安排得井井有条，对未来充满了信心。别人对她施以白眼，她却以德报怨，以慈爱之心对身处困境者伸出援手、尽绵薄之力。她这种敢于承担后果、无怨无悔、勇于奉献的勇气，使她在“赎罪”的过程中重建了自己的生活，获得了精神和道德上的胜利，使她胸前红 A 字的含义发生了质的转变：Adultery（通奸）——Able（能干）——Angel（天使）。因此，评论家认为：“A 所能代表的，也已不是清教主义范畴的‘通奸’之罪，而是表达了从体现原罪意识的‘Aple’（禁果）到体现创造意识的‘Able’（能干）这样一个艰苦的人类历史的进步历程”（吴笛，1991：288）。而这一切的转变都源于海丝特的勇气！

3. “人性”与“神性”的二元对立

海丝特的勇气还体现在对女儿珠儿抚养权问题的争夺上。对孩子抚养权的争夺，体现了人性与神性抗争的过程。

在《红字》第七章“总督的大厅”中，一些意欲在宗教和政府事务方面实行强硬政策的头面人物打算剥夺海丝特对珠儿的抚养权。他们基于两方面的理由：其一，珠儿是魔鬼的女儿（demon origin），有珠儿在身边不利于基督精神对海丝特灵魂的拯救；其二，为了“挽救”孩子，使其在道德和宗教上健康成长，应把孩子交给她母亲之外的贤德之人去抚养。这样的理由很具有讽刺意味，其实孩子的父亲就是他们这些声名显赫的人物中的一员。如果把珠儿认定为魔鬼的女儿，那么他们这些政教合一的统治者似乎就与魔鬼脱不了关系，仿佛也成了魔鬼的化身。

为了争得珠儿的抚养权，避免他们把珠儿从自己身边强行带走，海丝特以送还为总督贝林厄姆绣制的手套为由，义无反顾地到总督府据理力争。

众所周知，把孩子活生生地从自己亲生母亲身边带走交给别人抚养，这是一种有违人性的做法。海丝特能否胜利呢？霍桑又引出玫瑰花的意象。在总督的大厅中等待贝林厄姆的过程中，三岁的珠儿在看弓形窗外的花园。当她看到窗外的玫瑰丛时，她开始叫嚷要去摘一朵玫瑰，而且怎么也平息不下来。在珠儿任性的叫嚷声中，读者的注意力被吸引到了玫瑰花上。珠儿那种不达目的誓不罢休的倔强劲使玫瑰花这一意象也深深地嵌进了读者的脑海中，挥之不去……渐渐地，象征着美丽和理想的玫瑰花让读者眼前一亮：玫瑰花在花园中恣意地盛开，带着狂野的气质……读者茅塞顿开：胜利将最终属于海丝特母女，人性会战胜神性！

作者描写珠儿只要玫瑰花而不要其他花是有其深义的。霍桑旨在把珠儿类比为玫瑰。从里到外，珠儿宛如一株带刺的美丽的野玫瑰。

从外表看，她那天穿着一件上面绣满金线图案的绯红色的丝绒束腰长外衣，衬得脸色红润鲜艳。红色的衣服和红扑扑的小脸蛋交相辉映，宛如一束明亮的小火焰（the very brightest little jet of flame）。难怪当贝林厄姆总督在大厅里见到她第一眼，在不知道她是海丝特的女儿的情况下，就被这“红色的小人儿”（the scarlet little figure）震撼得惊讶万分！一道前来的老威尔逊也把蹦蹦跳跳、活泼可爱的珠儿当作一种“红色羽毛的小鸟”（little bird of scarlet plumage），进而认为她是“基督教家庭的孩子”（a Christian child）或者是教皇制度留在旧英格兰的“顽皮的小精灵或小仙女中的一员”（one of those naughty elves or fairies），当老威尔逊询问她是谁时，珠儿和他这样对答：

> “‘I am mother's child,’ answered the scarlet vision, ‘and my name is Pearl!’
>
> ‘Pearl?-Ruby, rather!- or Coral! – or Red Rose, at the very least, judging from thy hue!’ responded the old minister…”（Hawthorne，1992：82）

连威尔逊这位老牧师都从珠儿周身焕发的色彩来判断珠儿应该是红宝石、红珊瑚或者是红玫瑰之类美丽而珍贵的东西，是美和善的化身。这是她母亲对她无私倾注母爱后取得的一个辉煌的人性的胜利。虽然她母亲总是穿着悲哀色调的灰色的衣服，可她却发挥自己瑰丽的想象为女儿设计艳丽夺目的服饰，煞费苦心将女儿打扮得流光溢彩、美丽绝伦。这是她爱女儿的一种方式，也是她内心激荡情感的一种外在宣泄。不谙世事的珠儿也深深感受到了这暖暖的母爱，因此她童言无忌地说她是“妈妈的孩子”，这样的回答令人感慨，令人感动。母女连心，用玫瑰花来象征浓浓的母爱也实不为过。更何况玫瑰花是美丽的象征，珠儿的美堪与玫瑰花的美相比。因此老威尔逊在不知道海丝特是孩子母亲的情况下把珠儿看作是“一株红玫瑰”，这是对珠儿外表自然特性的一种至高的肯定。

除了外表，从内在特质来看，珠儿是一朵不折不扣的“野”玫瑰。她是一个充满野性和激情的“精灵孩”（the elf-child），是母亲不受法律约束的激情的产儿。虽然她很美丽、很阳光，但她却像玫瑰一样桀骜不驯，枝头带着刺。一来到这个世界，她就被打上了母亲红字的烙印而被其他孩子孤立和欺负。但小小年纪的她却带着叛逆的野性，她会本能地以尖叫、掷泥巴等方式毫不留情地回击欺负她的孩子，从而争取到了在外面世界的小小的立足之地。另外，由于父亲在家庭生活中的缺席，她的身世也像玫瑰的起源一样充满了神秘感。当知道珠儿是海丝特的女儿后，威尔逊牧师问她，她是谁造出来的？虽然在母亲基督教义的熏陶下，她知道自己是天父造出来的，可她故意在逆反心理的支配下恶作剧般地回答：

> “… she had not been made at all, but had been plucked by her mother off the bush of wild roses that grew by the prison-door.”（Hawthorne，1992：84）

她居然宣称：她根本不是谁造出来的，而是她母亲从长在牢门边的那丛野玫瑰上摘下来的，她的回答让在场的总督和牧师们惊愕万分。

作者接着解释道，她的这一突发奇想或许是因为她受到总督花园里红玫瑰的提示，再加上她到这儿来时路过监狱，监狱门口那丛玫瑰强化了她的想法。虽然珠儿的这种回答很大程度上有童言无忌、异想天开的成分，但这也是她潜意识的一种不经意的流露。她每天都目睹母亲胸前闪闪发光的红字，在她心目中母亲与红字已成一个不可分割的整体，她甚至不允许母亲摘下红字、不认可不佩带红字的母亲。既然她是“母亲的孩子”，那她也宛如“红字的孩子”。而共同的红色和某些神秘的道不清的特性将红字和玫瑰隐隐相连，在懵懵懂懂的三岁孩童稚嫩的心中，她认为自己是“玫瑰的孩子”似乎也顺理成章。

但珠儿这种回答却是致命的，总督认为他找到了充分的将她从母亲身边带走的理由。将要失去女儿的痛楚把海丝特击得近乎崩溃，她歇斯底里地恳求在场的牧师丁梅斯代尔—— 珠儿隐形的亲生父亲——为她们说情。在“父爱”和“爱情”双重情感的驱使下，丁梅斯代尔在关键时刻终于勇敢地站了出来。一方面他肯定来自上帝之手的珠儿是她母亲欢乐的源泉，母女不可分割。但另一方面，在神性的支配下，他却把自己的亲生女儿珠儿解释成父母罪孽下衍生的一朵“恶之花”。她生活在母亲身旁就像一根芒刺，是对母亲的一种惩罚。丁梅斯代尔认为：单看母亲对孩子的打扮，就使人们强烈地感受到了那个灼烧在母亲胸前的红色标志。丁梅斯代尔牧师的这一观点也为他后面的死亡悲剧埋下了伏笔。他没有勇气像海丝特那样勇于承担爱的后果。在“赎罪”的过程中，他蜷缩在自己心灵的牢狱中，他以“小我”生活，而没有像情人海丝特那样以“大我”生活，结果他的自我折磨并没有使他获得道德上的重新建构和心灵上的同步成长，他被清教徒戕害得太深。在这场争夺孩子养育权的“争夺战”中，虽然人性获得了胜利，但是在“人性”与“神性”的抗争中，“人性”的胜利是建立在把珠儿从“一株自然界的红玫瑰”贬低到“一个活生生的红字”（即从“善之花”贬低到“恶之花”）的条件下而得以实现的，这种胜利带有强烈的悲怆色彩。

理想总是伴随着痛苦的，就像胜利要付出鲜血和汗水的代价一样。总督花园中的玫瑰除了暗示美丽和类比珠儿外，还象征着理想。理想与现实的甘与苦都浓缩在了总督花园中。这座花园具有本土英格兰花园的装饰风味（the native English taste for ornamental gardening），但令人遗憾和痛心的是，带有英格兰风格点缀的植物在这里——新大陆移植失败，竟然连根都不生，所以有时理想中的东西根本经不起现实的撞击。花园本是种花让人观赏的地方，却种满了卷心菜和南瓜这些食用植物，这进一步暗示着理想与现实往往不尽如人意。花园中唯一给人美感的花卉是几丛玫瑰，表明玫瑰花生命力极强，也暗示带着野性的纯自然状态才是最佳状态。另外，“显而易见，玫瑰丛将理想和痛苦联系在一起——每一枝玫瑰终究都是带刺的”。（Chong, Jia-Rui & Melissa Martin，2003：82）

从以上分析可知，总督家的花园透出衰败的气息，暗示着他们所追寻的美国梦的日渐破灭和清教徒的日趋没落。同时也让人质疑总督的领导能力：他连自己家的花园都管理不好，那他能管理好自己的领地吗？所以，腐朽的花园急需修复，清教徒也如此，清教徒的统治者（Puritan ruler）和新大陆更是如此。海丝特胸前的红 A 字和丁梅斯代尔（Dimmesdale）牧师名字中的首字母 D 可构成 AD，代表 American Dream。这对有情人的“美国之梦”已被惨淡的现实击得粉碎，但愿修复后的一切能给理想一个现实的安身之地，让有情人终成眷属！

4. 结语

在所有这些二元对立中，作者通过“善”与“恶”的交锋，着力表现出一种“灵”与“肉”的二元对立。作者所讲述的爱情悲剧其实就是因“灵”与“肉”的相互分离而造成的。充满青春活力的海丝特与年迈老朽的齐灵窝斯并不相爱，他们的结合给彼此带来了“灵”与“肉”分离的悲剧生活。而叛逆的海丝特与睿智、情感丰富的年轻牧师丁梅斯代尔虽然相亲相爱，是彼此灵魂的伴侣、精神的伴侣，却由于清教徒的制裁而不能终成眷属。海丝特被迫终身佩带红 A 字以示警诫和惩罚。而他们的非婚生女儿珠儿是母亲的另一个耻辱标志，是红字活生生的翻版，是一个活的红字。霍桑把珠儿类比为一株带刺的野玫瑰，其实也就暗示了母亲胸前的红字就是一朵象征着激情、慈爱、勇气、理想、美丽的红玫瑰。

玫瑰是爱情之花，是仁爱之花，它承载着人类的美好情感和愿望。愿她能脱离清教徒压抑人性的黑暗统治，真正回归爱情，成为真正甜美爱情的象征和载体，这是霍桑在《红字》中传递出的美好心愿和理想。以玫瑰娇艳的“美”和“善”压过黑色之花的“丑”和“恶”，让世人平等地共享爱的光辉，这是霍桑乌托邦似的理想，也是世人的期盼。

《夜莺与玫瑰》中红玫瑰的象征意义

奥斯卡·王尔德（Oscar Wilde，1854-1900），英国著名作家，在小说、戏剧、童话、诗歌等多种文学体裁上均有建树，是19世纪末英国唯美主义运动的杰出代表。在作品中他追求艺术的形式美和技巧美，其著名的童话故事《夜莺与玫瑰》体现了他这种“为艺术而艺术”的唯美主义思想。他以象征的表现手法，为这篇童话的一个主要意象“红玫瑰”赋予了深刻的意蕴：作为一朵艺术玫瑰，它体现了作者的唯美主义思想；作为一朵灵魂玫瑰，它体现了作者的宗教思想。

1. 唯美之花——艺术玫瑰

在《夜莺与玫瑰》中，作者以两种“爱”为线索串起整个故事：学生对教授女儿的爱（小爱）和夜莺对学生的爱（大爱）。在对这两种不同层次、不同深度的“爱”的诠释中，作者以自己国家的国花——玫瑰，为作品的意象来阐释。玫瑰，是美的象征和爱的化身。追寻玫瑰，就是追寻心中至高无上的美和爱。作者刻画了夜莺为爱献身、追求玫瑰的过程，但作品中的这朵“血玫瑰”除了“爱的代言”这一表层的含义外，还承载着“唯美之花”的深刻内涵。

在《夜莺与玫瑰》中，夜莺在向玫瑰树求助时，一再强调：“我只求一朵玫瑰，一朵足矣！”（Wilde，2010：28）这唯一的一朵红玫瑰，不是偶然的，而是盛开在王尔德心中的艺术之花。王尔德声称：“艺术除了表现它自身之外，不表现任何东西。它和思想一样，有独立的生命，而且纯粹按自己的路线发展。”（赵澧，徐京安，1988：142）在艺术高于生活、为艺术而艺术的理念下，他所信奉的艺术理想是超越现实、超越生活。因此远远凌驾于现实生活之上的艺术奇葩不需万紫千红地吐艳，而只需卓尔不群的一朵，便能够力压群芳，牵动万千目光。独立性决定了它孤傲的本质，纯粹性决定了它纯洁的特性。这样的一朵花，不可能俯首尘埃，只能高高在上、傲视群英。最终，历经千辛万苦，一朵美得眩目的玫瑰在玫瑰树的顶端傲然绽放。作者用了两个表示极致的形容词“topmost”（最高的）和“marvelous”（最棒的）（Wilde，2010：32）来描述玫瑰的地位和高贵。千载难逢的花朵盛开于最高的枝条，这样的高度，把真挚的爱安放到了峰巅的位置，把美丽的想象之境推向了顶峰，小小的玫瑰承载了唯美主义所追求的美学理念。

唯美主义认为，美是高于一切的，其艺术宗旨是“为艺术而艺术”（art for art’s sake），强调艺术与功利、道德、现实无关，认为艺术是培养人的美感，让人欣赏美、享受美。这座纯艺术的象牙塔能耸立于英伦大地，与当时维多利亚时代的社会现实息息相关。19世纪中后期，英国处于资本主义黄金期的维多利亚时代，当时物质财富急剧增长，拜金主义、功利主义的思潮四处蔓延，商品化下的金钱观主宰了人的价值观和道德观，社会道德整体呈现下滑之态和虚伪之势。面对日益庸俗化的价值观和日益商品化的艺术观，艺术家们对当时英国的社会现实产生了恐慌感和幻灭感。于是他们扛起从法国传来的“为艺术而艺术”的唯美主义旗帜，力图构建一个乌托邦式的纯艺术世界。“英国唯美主义兴盛的原因与其艺术宗旨，已显示出它在伦理道德方面的价值取向——超越道德。”（聂珍钊，杜娟，唐红梅，朱卫红，2007：

483）作为英国唯美主义的杰出代表，王尔德在艺术创作和生活中身体力行，实践着唯美主义的艺术主张，他于1890年7月发表的《道林·格雷的肖像》，将这种完全追求美、不抱任何“道德”与“功利”目的的艺术观推向了极致，在英国社会引发了激烈的批评和争论。但是在这之前两年，他于1888年出版的《快乐王子童话集》（包括《快乐王子》《夜莺与玫瑰》《自私的巨人》《忠诚的朋友》和《神奇的火箭》）却好评如潮。“《快乐王子童话集》文采华丽，音调铿锵，诗意浓郁，堪与安徒生和格林兄弟等人的童话相媲美”（董翔晓，鲁效阳，谢天振，包幼华，1984：269）《典雅》杂志甚至将王尔德与童话巨匠安徒生相提并论。王尔德的童话不仅儿童爱读，成年人也爱读，有阅历的成人更能体会其中深刻的内涵。他以瑰丽的语言、优美的韵律、音乐的基调、多姿的结构、奇妙的想象、深邃的思想把唯美主义所追求的形式美与技巧美在童话中展现到极致。但究其长盛不衰的原因，不仅在于他追求单纯的美感，而且还在于他没有完全“超越道德”，这些童话仍隶属于“道德童话”的范畴。《夜莺与玫瑰》就是这些“道德童话”中的一颗熠熠闪亮、超凡脱俗的明珠。

在《夜莺与玫瑰》的前半部中，作者诠释的一个道德主题是：美至高，爱至高，历经千难万险方能获得爱与美。作者以诗化的语言刻画了寻找美和获得爱的艰辛历程和瑰丽场景。但求索的过程既曲折又漫长，绝非一蹴而就。在夜莺不辞辛劳地寻找红玫瑰的过程中，作者以清丽的辞藻和递进的结构，一步一步引领我们向着美好的事物靠近。夜莺先找到一株长在草地上的白玫瑰树。作者以比喻的修辞手法，把白玫瑰的色彩具体化，把一幅一望无际的海面上盛开着朵朵白色浪花的大气场景呈现在我们眼前，白玫瑰那种荡气回肠的美让心灵无比开阔。接着作者又层层推进，把这种纯白的色彩推向顶峰——白玫瑰的色彩胜过山顶的千年积雪，白得那么冷峻，白得那么纯正，白得那么高贵。作者用词的熨帖和比喻的清新，让白玫瑰的洁净攫住了我们的心，对于这样象征着纯洁爱情的花朵，怎能舍弃、怎忍舍弃！

但为了心中至美的红玫瑰，夜莺飞离了白玫瑰，飞向下一个神秘的美之源。夜莺找到一株长在古日晷器旁的黄玫瑰树。作者以丰富的想象力给黄玫瑰罩上了一层神话般的色彩，坐在琥珀宝座上长着一头黄色秀发的美人鱼让人浮想联翩，她那秀色可餐的美丽让仰慕之人心驰神往。玫瑰的黄色宛如在镰刀割伐前轰轰烈烈盛开的黄色水仙，让人怜香惜玉，不忍离去。作者对每个意象的选择都经过精心构思，他用奇特的想象塑造出的鲜活形象，让黄玫瑰充满了诱人的魅力，以拟人化赋予其生命的活力，提升了读者对美的感悟力。

王尔德对白玫瑰和黄玫瑰细致而精美的描摹，暗示着在追求红玫瑰的他的心目中：真正的艺术无法取代！最后，在学生寓所的窗户旁边，他终于找寻到了梦寐以求的红玫瑰树。红玫瑰的色彩是“像鸽子脚一样的红色”（as red as the feet of the dove）（Wilde，2010：28），王尔德的比喻新颖独特，让人感觉一股柔情扑面而来，那振翅的白鸽扑动丹红的脚爪，动态的一抹红便久久地锁住了视线。接着王尔德向纵深处着墨，以鲜艳的珊瑚的红色向我们展现了一个神奇多姿的海底世界。红珊瑚宛如一把把红艳艳的扇子，在晶莹剔透的海底来回飘动，红得那么醉人、红得那么飘逸、红得那么脱俗……这就是夜莺不惜用自己鲜血换取的红色。

王尔德采用与海洋有关的意象来描写玫瑰有其深意。他引领读者由表及里、由易到难去探寻心中的理想。“海面”的白玫瑰（白色浪花）（Wilde，2010：27）和“海中”的黄玫瑰（黄色秀发的美人鱼）（Wilde，2010：28）均风姿绰约、充满诱惑力，但夜莺（王尔德的化身）不被其惊艳之美所动，不改初衷，一直排除艰难万险，钟情于大学生所钟情的“海底”的红玫瑰（红珊瑚）（Wilde，2010：28），王尔德“用他创造的美来刻画他信仰的绝美”（张银玲，黄河，2005：54）。唯有海底极致鲜艳的玫瑰色才能与他所追求的艺术理想的色彩相媲美。这说明虽需历经艰险，但真正的爱情、真正的美丽是无法取代的，在忠诚者的心里，它们有无法撼动的唯一性。同理，他的“为艺术而艺术”的唯美主义思想也是不可替代的，这是他一生孜孜不倦追求的艺术理想！

他对这一艺术理想的执着追求，从其人生可略见一瞥。在牛津大学求学期间（1874-1878），王尔德师从瓦尔特·佩特（Walter Pater，1839-1894）研习美学。佩特的“《文艺复兴史研究》一书给了他巨大的启发。王尔德后来结识了佩特，‘为艺术而艺术’这一口号就是从佩特那儿贩过来的。”（董翔晓，鲁效阳，谢天振，包幼华，1984：264）佩特认为“美只为美存在，它既没有道德标准也没有实用价值”（Terpening，2005）。在佩特的影响下，王尔德青出于蓝而胜于蓝，他一生高扬“为艺术而艺术”的唯美主义大旗，并以自己精彩纷呈的文学创作（诗歌、童话、小说、特别是戏剧）将唯美主义推至顶峰。

为了宣传唯美主义的思想，王尔德除了在本土英国奔走演讲，还到美国、加拿大、法国等国家去做宣传演讲。1882年他到美国和加拿大做了整整一年的巡回演讲，大力倡导不是艺术反映现实，而是现实反映艺术的观点，他的“美”具有永恒价值的“审美运动”这种观点在北美引起了很大的反响，从而使他声名鹊起。1884年他在都柏林邂逅康斯坦斯·劳埃德（Constance Lloyd）并与之结为伉俪，1885年大儿子西里尔（Cyril）出生，1886年小儿子维维安（Vyvyan）出生，1888年在两个孩子两三岁时，他出版了《快乐王子童话集》。作为一个父亲，在孩子呱呱啼哭和牙牙学语的成长中，在趴在地上与孩子嬉戏、讲故事的生活进程中，孩子们反过来给了父亲无穷的创作灵感和写作源泉。王尔德把自己唯美主义的思想糅入这部童话集。由于受到两个儿子的影响，这部童话集打下了很深的“道德童话”的烙印，它主要歌颂了善良人的自我牺牲精神和美的永恒性。《夜莺与玫瑰》就是其中一篇杰出的代表作。追寻红玫瑰的夜莺便是王尔德这位追求唯美主义理想的艺术大师的化身，而“玫瑰则代表了王尔德心中那完美无瑕的艺术”（袁峰，2008：17），红玫瑰的至纯折射了他心灵深处对纯美艺术的渴求，红玫瑰位置的至高象征着他艺术理想地位的高度，红玫瑰色泽的至美代表了他毕生追求的艺术的绝美。从枝条的顶端到深邃的海底，王尔德探寻的是一种极致的唯美。红玫瑰被深深地打上了唯美主义思想的烙印，它已远远超越了植物的范畴。作为一朵象征着唯美主义思想的艺术之花，红玫瑰是王尔德心目中既有高度又有深度的艺术理想的化身。

2. 宗教之花——灵魂玫瑰

在这篇童话的后半部，作者在唯美中加入了悲剧色彩，“殇”是贯穿后半部作品的一条红线——夜莺之殇与玫瑰之殇。王尔德把美好的东西撕碎了展现在读者面前，夜莺的死亡与玫瑰的死亡在表层上是一种悲剧美，但作者所要揭示的是一种深层次的高尚美、奉献美和残酷美。玫瑰的象征意义也就发生了微妙的变化，从唯美之花转换为宗教之花，从艺术玫瑰转换为灵魂玫瑰。

在西方人的心目中玫瑰具有崇高的地位。人们把玫瑰奉为心灵之花，把红玫瑰奉为圣洁的灵魂之花。玫瑰享有这么高的地位，与它带有神秘色彩的宗教起源息息相关。“当基督教教堂在欧洲遍地开花时，先前一直象征爱神的玫瑰，转而开始象征殉教者和基督的受难和死亡。”（雷杜德，2003：25）基督教认为，玫瑰的起源是基督在十字架上受难殉教时，他身体的鲜血从脚跟流到地上，殷红的一大片鲜血所盛开成的红艳艳的花便是圣血玫瑰。因为她鲜红的色彩源自基督的血液，神圣不可侵犯，故红玫瑰的一个象征意义是博爱，即基督受难无私给予人类的大爱。

《夜莺与玫瑰》“这篇童话故事就集中反映了作者的基督教情节。

童话中的夜莺让花刺刺穿心脏而死，而基督耶稣是钉死在十字架上的；夜莺为了别人纯美的爱而献身，不正是耶稣替人消罪受难而死的活生生的表现吗？”（阎从军，2005：30）王尔德以童话为载体，以具象的夜莺将玫瑰的抽象起源做了一个生动而凄美的展示。一整夜，夜莺把自己的胸膛抵着玫瑰花刺，锋利的刺一寸寸地刺进它的胸肌……时间在一秒秒流逝，疼痛在一分分加剧。但它却忍住锥心之痛，泣血啼鸣、婉转唱歌，把自己优美的歌声与柔美的月光糅合在一起，一步步向死神靠拢……一滴又一滴，它生命的血液带着爱的激情、带着情的热度缓缓地温暖着玫瑰树被冬日严寒冻僵的血管，玫瑰树复苏的血管万分饥渴地吮吸着这生命之液。当爱的琼浆流到玫瑰树最高处的枝头时，奇迹出现了，一朵奇异的白玫瑰在最高的枝头悄然显现：一片片乳白色的花瓣在恬静中睁开惺忪的睡眼，它们白得透明，宛如清晨小河边的薄雾——那种纯洁透亮的白色是早晨轻盈的足履，又是黎明梦幻的翅膀……但玫瑰树不为这种似梦似幻的空灵之美所触动，却冷峻无情地催促夜莺唱着歌把血肉扎向玫瑰刺，深些、更深些！勇敢的夜莺忍痛高歌，啼血的颂歌渐渐使白玫瑰白皙的脸颊变得粉嫩，淡淡的红晕爬上了玫瑰花瓣，仿佛娇羞的新娘被新郎亲吻时脸上泛起的幸福红晕。作者以诗化的意境，呈现了婚礼上最温馨的浪漫场景，以柔美来反衬夜莺之死时的悲怆之美，加强了心灵震撼的力度。但“玫瑰花心”（the heart of a rose）需要“夜莺心里流出的血”（a nightingale’s heart’s-blood）（Wilde，2010：33）而不是身体流出的血方能变得殷红，即夜莺需要以自己的死亡换取红玫瑰的新生。

这种惨烈的交换方式没有吓退夜莺。对于献身者，精神总是凌驾于肉体之上，只要精神不灭，灵魂将永生！夜莺展现出了“高尚的精神之美”（王晶波，2007：107）和“崇高的灵魂之美”（凌茜，2008：47），它宛如飞蛾——一只“清醒的扑火飞蛾”（张莉，刘晓茜，2004：38），冲向烈焰，去燃烧身、去焚烧心……它歌唱着让锋利的荆棘刺中心脏，周身一阵剧痛，鲜血向玫瑰汩汩奔涌：一朵高贵的红玫瑰终于以完美之姿闪亮登场。血玫瑰红得像东方天际的朝霞，宛如被红彤彤的太阳托举而起的爱的生命。它的花心熠熠闪光，宛如一颗价值连城的红宝石。红玫瑰的心是夜莺那颗高尚的心的外在表现。红玫瑰的心，奉献的心！

从夜莺塑造红玫瑰的整个过程可以清楚地看到，红色在这篇童话中有着特殊的地位和作用。从表层来看，这是一篇童话故事，它的读者主要是孩童，而红色是孩子们最喜欢的颜色。“我们只要留神看我们周围的小孩……在每一个水彩画的颜料匣中，装朱砂红的管子总是最先用空的。”（格罗塞，1984：47）《艺术的起源》的作者格罗塞还引用歌德在《色彩论》中的话说：“如果一个孩子对某一种颜色表示特别喜爱时，那一定是灿烂的红色。”（格罗塞，1984：47）但究其深层含义，红色在这篇作品中更多传达出的是一种象征意义。“红色在基督教色彩象征中，作为表示圣爱的符号性色彩属性。出于人类原始生命神秘色彩的强有力影响，欧洲人在中世纪大多认为红色是最美的色彩。在殉道者纪念日，红色意味着基督的血。”（李广元，2000：98）由此可见，基督教在传播宗教精神时，红色象征着神圣的爱和基督的血。

由于色彩符号是宗教精神传播中一个不可忽视的象征符号，因此对色彩意义的正确解读直接关系到对文本的深度理解。从浅层解读，红色是一种表现生命的颜色，因为红色让人直接联系到与生命休戚相关的血液的色彩。原始人在狩猎或战争中很早就发现，动物一旦失血就会迅速死亡。由此不难解读有些民族在死人周围撒红色矿粉的深层含义：生者渴望死者再生。但从深层解读，从前面的分析可知，红色在基督教色彩象征中用来表现圣爱。在揭示宗教精神时，“在西方文化中，红色常作为圣母圣父的服色”（李广元，2000：86）。“从中世纪至今，象征色彩在西方各民族之间虽略有区别，但是大都以基督教色彩象征为唯一的色彩选择基础……”（李广元，2000：98）因此不难理解，在作品中王尔德为何把红色奉为尊贵，为何让夜莺倾其生命的血液去塑造一朵红玫瑰，而不是一朵白玫瑰、黄玫瑰或蓝玫瑰。夜莺是一个像基督那样胸怀博爱使命的殉者，为了心中的至爱和至美，他以牺牲为荣，从至善出发回归至善。在祭坛上含笑献身，主动让锋利的刺穿透他柔软的心脏，在剧痛中放声高歌。他用生命完成的红玫瑰，是一朵生命之花，更是一朵象征着神圣之爱的宗教之花。这是一朵不计报酬、不求索取的大爱之花。

此外，基督教以光明和白光象征上帝的光辉。在故事中王尔德没有忽视光的作用与象征意义。在他笔下，月光被描摹为另一种形式的圣光。月光是塑造血玫瑰必不可少的外部条件。玫瑰树对夜莺的要求是：只有在月光下，用音乐才能完成红玫瑰的塑造。作者对月亮着墨不多，只用了两个简单的词语："冰凉如水晶的明月"（the cold crystal moon）（Wilde，2010：32）和"白月亮"（the white moon）（Wilde，2010：34）。但管中窥豹，可见一斑，阅读中读者时刻感受着月光的力量——强大的超自然力量和神秘的精神力量。唯有在它笼罩下，承载着爱的玫瑰才能制作完成，完美登场。而对爱的描写，作者却以光和火的意象大肆铺陈、不吝笔墨：爱情的翅膀闪着火焰般的光芒，爱情的身躯宛如火焰闪闪发光（Wilde，2010：31）。为了这种炽热的情，为了这朵火红的爱之花，夜莺付出生命也在所不惜。因为夜莺一直认为对玫瑰梦寐以求的学生是一位"真正的恋人"（true lover）（Wilde，2010：25）。

但是现实给夜莺当头一棒，教授的女儿只钟情于金银珠宝，对这朵心血浇灌出的玫瑰不屑一顾，所谓"真正恋人"的学生竟然在呵斥对方"忘恩负义"（ungrateful）（Wilde，2010：35）的同时，幼稚轻薄地把玫瑰扔到大街。结果玫瑰被一辆马车碾压，粉身碎骨、坠入阴沟。曾对未来满怀憧憬的青年学生重新潜入哲学书，去寻找所谓"实际的"形而上的东西，故事戛然而止。故事出人意料的结局竟然与王尔德人生的结局如出一辙，他中年与道格拉斯的同性恋悲剧所招致的牢狱之灾（1895-1897），毁了一个文学天才，让他灿烂的生命提前走到了尽头，更让英国的唯美主义运动转入了波谷。1900年临终前，王尔德皈依天主教，他把这朵象征宗教之花的血玫瑰演绎到了极致。“零落成泥碾作尘”——被碾碎的不是玫瑰，而是一颗颗心：作者的心和读者的心。那流淌在地上的红汁是一地鲜血，那花梗上的荆棘是一根根锋利的针，把渴望真爱的心刺得鲜血淋漓，把渴望真情的眼扎得双目失明，爱之花遭遇如此惨烈的结局，作者对社会现实的批判以这种残酷的方式表露无遗，它控诉了金钱至上的社会对纯真之爱的挤压和扼杀。拜金主义思潮下的庸俗社会对真善美的扼杀如此冷酷无情，发人深思，催人警醒。

3. 结语

王尔德的童话故事《夜莺与玫瑰》以瑰丽的意境和残酷的悲情对纯美的爱进行了讴歌，对冷酷的现实进行了鞭挞。理解不了真爱，亵渎真情，这是残酷中的残酷，悲剧中的悲剧。但作者让玫瑰的寓意不仅仅局限于爱和激情的范畴，夜莺为爱献身，它肉体的消亡不代表灵魂的消逝，精神远远凌驾于肉身之上。夜莺用生命和鲜血完成的血玫瑰是一朵唯美之花，更是一朵宗教之花，是一朵艺术玫瑰和灵魂玫瑰。它生动体现了王尔德的唯美主义思想，同时也深刻地体现了王尔德的宗教情结。玫瑰是英国的国花，在王尔德的祖国，它是国人心中至高无上的精神之花，而这朵生命之花——血玫瑰堪与国花相媲美，这朵“泣血玫瑰”呼吁人们在物欲横流的社会里，要懂得真爱，更要懂得感恩和珍惜。

《枪炮与玫瑰》中铁血玫瑰的寓意

——曾剑《枪炮与玫瑰》赏析

军旅作家曾剑的长篇小说《枪炮与玫瑰》主要反映了朝鲜战场上一群志愿军文工团战士血与火、钢与泪的生活。作者运用对照的方式，以“枪炮”和“玫瑰”作为外在的载体，将这两个象征战争与和平、死亡与希望的相互矛盾的意象有机糅合。在舒缓的叙事和湍急的情感中，作者将战场上的“硬件”（枪炮）和战场上的特殊“软件”（文工团战士）铺展在保家卫国的朝鲜战场上。把玫瑰引入战火硝烟是《枪炮与玫瑰》这部战争小说最大的亮点，那一朵朵在战火中雄赳赳、气昂昂盛开的铁血玫瑰具有不同的象征意义。

1. 铁血玫瑰和平与希望的寓意

枪和花，一个硬，一个软，分别代表了生活的刚性与柔情。作者将二者统一于朝鲜战场，让我们在这种刚柔相济中看到了一种人性的光辉。

正义的战争在摧毁的同时也在重建，摧毁假、恶、丑，重建真、善、美。朝鲜战争的战火烧到了我们的家门口，中国军队出师朝鲜有保家卫国的深远的历史意义。新中国成立后，每个中国人都盼望能过上幸福安定的生活，军人也不例外。即使在炮火连天的朝鲜战场，每个军人心中都有安宁、和平的美好愿望。作者以小小的玫瑰花来承载这种宏大的憧憬与希望：在战火中，每个人心中都有一朵和平的玫瑰。在步兵师庆功大会上，女文工团团员们表演舞蹈《战地黄昏》时，每人手持一束玫瑰花。虽然她们手中的花是塑料的，但依然鲜艳夺目。作者以花的美来影射军人心目中的美好事物。这种美的力量是持久的、震撼的。难怪当文工团要离开师部时，侦察营的队伍里竟跑出一个献花的战士。他对“枪炮与玫瑰”的主题进行了最鲜活的诠释：背着枪的他右手紧勒枪带，左手持一枝红艳艳的玫瑰。怕羞的他脸红到了耳根，接花者杨秋花更是满脸通红。小战士羞涩地说：“这是真玫瑰花，你们表演节目时用得着。”（曾剑，2009：41）战火中的真玫瑰花得来不易，也许在危机四伏的朝鲜的崇山峻岭中战士是冒着冷枪冷炮的危险采摘到的。一假一真，折射出军人对最鲜活的生命、最鲜活的生活的向往和追求。作者描写战士连耳根都是“透明的红”（曾剑，2009：41），暗示着这是一种纯净和纯洁的美。以小见大，一朵美丽的花点亮的不仅是军人脸颊的红晕，点亮的更是军人心头那追求美好生活的一盏盏理想的明灯。

为了更具体形象地突出战争与和平的主题，作者还以写实的手法勾勒了一幅“钢枪”与“玫瑰”的现实图画。青春年少的文工团团员们对生活充满了爱。在向云山进军的途中，十六岁的小战士刘磨拴帮同龄的小战友林自芳背着枪，两支枪从其脑袋两侧探出来，枪口插着玫瑰花。这完美的定格既温馨又揪心。枪口是瞄准敌人的，而玫瑰是献给爱人的。作者将爱恨交织于战场这一特定的场景，如果每支枪射出的是“爱的子弹”，那人类将会沐浴在和平的阳光中，而不是笼罩在战争的硝烟中。这种鲜明的对照，既凸显了作品的主题，又为他俩的牺牲埋下了悲怆的伏笔。

刘磨拴牺牲在去为战斗班排教歌的行军途中。路途中，侧卧在坑道里的他，为了给爱犬赛虎留些许栖身之地，有部分身体暴露在外。正是这细微的暴露使他遭受了炮弹的袭击，右手连同胳膊都被炸飞，惨烈无比。而林自芳则是为了救朝鲜老乡，在敌机突袭时，她机警地奔向开阔地，扯下脖子上的红围脖儿挥舞着吸引敌机。她为老乡赢得了跑回防空洞的时间，而自己却被炸得血肉模糊。在描写这两位小战士的牺牲时，作者着力描写红颜色。刘磨拴受重伤后，“血洇进雪里，成一大片一大片可怕的红”（曾剑，2009：188）。林自芳挥舞红围巾奔跑时，“飞机便向这片红色俯冲”，“影子的上空，那条红色的薄围脖儿，在爆炸的气浪中飞舞、盘旋，慢慢上升，像一朵绽放的花”（曾剑，2009：140）。作者成功运用浪漫和象征的手法来描写红色。红色是鲜血的颜色，红色是战旗的颜色，红色更是青春的颜色。红色象征着革命、热情与活力。两位小战士16岁的花季，本应像一轮朝阳在绚烂的朝霞中冉冉升起，但他们却像玫瑰色的晚霞消失在战争黑色的硝烟中。他们带血的身体被掩埋在异国洁白的雪地里，鲜血染红了雪地，鲜血染红了硝烟。红、黑、白三种颜色的鲜明对照，不仅给视觉带来强烈的冲击力，更给心灵带来巨大的震撼。火红的青春、火红的炮火，这矛盾的意象带给人的震惊是地动山摇的。令人欣喜的是，战争中火红的生命的逝去，给人们带来的是红日般可贵的和平与希望……

为了不断强调战争与和平的主题，作者巧妙地以“电影闪回镜头”的方式将钢枪与玫瑰的双重意象反复出现在作品中，以小手笔成功地烘托了作品的大主题。掩埋好一同行军的战友刘磨拴的遗体后，孤身一人的宋春来突然与四名敌人遭遇。面对强敌，他眼前晃动的只有刘磨拴背着插着鲜花的枪，在阳光下蹦蹦跳跳的样子（曾剑，2009：193）。悲伤与思念让他勇气倍增，他凭借自己的机智与勇敢，结果了四名敌人的性命。那雪地上溅起的一朵朵梅花，是鲜血，更是他的勋章。穿上军装，为了让更多的人好好地活着，他用他和平时期画画的手、舞蹈的手扣动了扳机，履行了军人的使命。后来，收到刘磨栓的母亲写给刘磨拴的信时，他又想起行军途中，刘磨拴枪筒里插着一朵野花的快乐样子（曾剑，2009：196）。本来青春年少的他们是那么渴望生，他们是那样地热爱生活，甚至在没有战事时，把枪管当成了花瓶。但为了他们所热爱的和平，作为军人的他们毅然洒尽自己身上的最后一滴血。那一滴滴血盛开成了人间的和平之花和希望之花。作者这种平实的而不是说教的写作方法，使作品有一种在浓烈的悲怆中带有强烈的希冀和教益的感染力。

和平是人类永恒的向往。但生活是一个矛盾的统一体，为了和平人类有时不得不诉诸武力。而武力是排斥美、破坏美的，文艺兵却在塑造美、讴歌美。在战场上，文艺兵是希望的化身，是美的使者。恶战在即，作者描写的送别敢死队的场景让人感慨。步兵四团一营的18名敢死队员即将去炸敌人顽固的碉堡，送别仪式上，勇士们要求文工团团员给他们戴光荣花。本来悲壮、肃穆的出征仪式由于文工团团员的加入而变得欢快、轻松。女文工团团员们一个小小的戴花动作，似乎把女性柔美的心系在了热血男儿的身上，使他们倍增士气和倍添勇气。胸襟上一朵小小的光荣花托起的是一片爱和希望的蓝天。难怪文工团团员们承诺等他们杀敌归来再给他们戴花时，敢死队队员们郑重要求到时要戴红玫瑰。作者特写了一位稚气未脱的小战士，在出征仪式现场，他坚决要求加入敢死队，并说等他立功归来，他要把军功章送给文工团团员林自芳，并请她也给自己戴红玫瑰。从光荣花到红玫瑰，这两个意象的转化，浅层次上反映了军人笑傲沙场的洒脱与幽默，深层次上反映了军人内心对生的希望、爱的希望、和平的希望的深度渴求。白鸽衔来橄榄枝，爱人献上玫瑰花，这幅宁静安详的生活画面是渴求和平的人们心中的梦想……

此外，为了首尾呼应，作者在细节的处理上非常周密。胜利回国的那一天，当杨春花就要越过鸭绿江回到祖国的怀抱时，她眼含热泪想起了无数个牺牲的战友，还特别想起了当年给敢死队献花的情景，想起了那个说等战争胜利后要把军功章送给林自芳的敢死队小战士……这些献花的细节点染和细节回顾，进一步增强了作品的真实性和悬念性，使和平和希望的内涵在生者和死者心中的分量更为厚重……

2. 铁血玫瑰生命与永恒的寓意

生命是宝贵的，军人的生命更是贵重无比。为了讴歌军人生命的光辉性和神圣性，作者以大量的笔触描写了朝鲜战场上惨烈的牺牲。作者以牺牲的沉重和价值来反衬生命的珍贵和意义。作者巧妙地以玫瑰为桥梁，将“生”的此岸和“死”的彼岸完美地有机结合，这是《枪炮与玫瑰》不同于其他描写战争的小说的一个独树一帜的特征。为国捐躯，可歌可泣，作者把对生命的赞美和对牺牲的崇敬和神圣以血玫瑰的唯美的方式予以表达。

在刻画血玫瑰时，作者以象征主义的手法采用了虚实结合的叙述手段。

在玫瑰的文化内涵中，玫瑰首先是爱情的象征。军人，特别是在沙场征战多年的老军人都渴望有爱的归宿。在描写杀敌英雄郑晓野参谋长的牺牲时，作者先以“虚”的手法形象地暗示了他胸前有朵隐形的血玫瑰，这朵血玫瑰象征着爱情，也象征着奉献。郑参谋长这位曾经历了抗日战争、解放战争的老军人一直在战场上浴血奋战，想等战争结束后再考虑个人问题。可等新中国成立后，他又奔赴朝鲜战场。上战场前，他怕耽误对方也不肯考虑个人问题。但在朝鲜战场，当他在师部看完文工团的慰问演出后，他紧闭的心扉被杨秋花敲开了，他对她一见钟情，可却吃了闭门羹。倔强的杨秋花对他这位为国家立下汗马功劳的老革命、老首长心存敬意，却没有产生爱情，执拗地摧毁了他心中的爱情的玫瑰。

接着，作者又以“实”的手法刻画了一朵生命凝成的血玫瑰。在被杨秋花无情戏弄拒绝的第二天，一场恶战开始了。当心中红色的玫瑰与阵地上红色的炮火交相辉映时，“柔”与“钢”在战场上交织成了漫山遍野闪烁的红光。作者大手笔地渲染郑参谋长牺牲前的炮火：天空被打成白晃晃、红灿灿的一片，炮火喷出血一样的颜色。可喜的是，胜利了，敌人在溃败。在追剿残敌时，指挥员郑参谋长竟然不合常规地冲出了坑道指挥所，与士兵一起冲锋，甚至跑在士兵前面，结果被溃逃的敌人掉转枪口击中胸膛，身负重伤。他牺牲时，胸前厚厚的白色绷带被染红，像一团玫瑰。这显形的血玫瑰让护理他的杨秋花痛苦万分。作者直白地刻画了杨秋花追悔莫及的心理活动：她终于意识到郑参谋长胸前“应该是一朵真正的，带着露珠的鲜艳的玫瑰，应该是一个姑娘在山里采来，亲自戴在他的胸前……而不是鲜血凝成的玫瑰花”（曾剑，2009：246）。两情相悦固然是爱情上乘的境界，但在残酷的战争环境中，炮火在颠覆世界的同时，也在颠覆人的爱情观。当杨秋花在撕心裂肺中虔诚祈祷，祈祷郑参谋长平安，她愿意答应他的求爱时，他们已被战争这位冷酷的死神阴阳两隔。不该冲锋的首长冲锋了，不该牺牲的首长牺牲了，浅层次上这是情绪失控所致，但深层次上是军人对美好生活的极度渴求而义无反顾地去冲锋陷阵所致。作者以这种浓烈的笔墨控诉了战争扭曲人性的罪恶。炮火中的铁血玫瑰让我们在体会军人献身的伟大与崇高的同时，也让我们体会到了战争强加给人，特别是女人的不堪重负的痛。这也为杨秋花后半生的悲剧埋下了伏笔……

但战争能摧毁的是人的生命和肉体，不能摧毁的是人的信念和精神，人的精神、特别是为大众的幸福而献身的军人的崇高精神是高贵而不朽的。作者以细腻的笔触描写了舞蹈队战士梅生的牺牲，把他那种舍己救人的高尚情操刻画得感人至深。在夜间空袭中，还没睡觉的梅生扑向熟睡的分队长宋春来，把生的希望留给战友，自己却被炸得鲜血淋漓，大腿从腿根处被炸断，鲜血井喷似的流出。宋春来冒着炮火的袭击抱着气若游丝的梅生飞奔到包扎所，还是没能挽回梅生的生命。在医院后山掩埋梅生时，执拗的宋春来却含泪一步一步地抱着梅生僵硬的遗体回到防空洞。在他感受好战友、好伙伴的身体从温热到僵硬而冰冷的残酷的过程中，我们也体会到他们战友间那份从平静到感动而震撼的浓情。梅生的牺牲完美地演绎了战友是在同一条战壕里为彼此挡子弹的生死兄弟。

埋骨何须桑梓地，人间无处不青山。宋春来和战友们把梅生埋在防空洞后的坡地上，只因那坡地上开满了鲜红如血的玫瑰。花是人，人如花，血玫瑰是梅生生命的另一种永久的展现形式。18岁的他，年轻得让人羡慕，死亡却让人痛惜。生前，情窦初开的他因在梦里呼唤队友杨春花，导致杨春花到医疗队工作而遭到责罚；死后，他在爱情之花中找到了安息地。作品中，作者没有回避人性的真实性，而是对人性进行了朴素的剖析。朝夕相处，甚至同眠于同一防空洞中的男女文工团团员们日久生情，这是自然的人性。凡人都有七情六欲，只是那时的中国军人受到严格的“二六八团”军规的约束，不能越雷池一步。在这种严酷的战争环境中，作者以理想化的手法让情感朦胧、心怀爱情梦的他，长眠在美和爱的花朵中，找到人生最后的归宿：“待放梅花枝折断，未展英姿，无奈芳菲散。异国他乡谁做伴，玫瑰遍野红烂漫。”（曾剑，2009：127）宋春来为哀悼梅生而填写的《蝶恋花》上半阕在哀痛惋惜中体现了宏大的革命乐观主义精神：烈士逝去的是身躯，不灭的是魂魄！他们的魂魄化为漫山遍野的山花，大风起兮，带着花香的风儿吹拂向祖国母亲，吹拂向每一个享受和平的人们的面颊……

由此可见，作者是以一种很浓郁的浪漫主义的情怀来讴歌生命的永恒性的。作者有一种把书中的人物死后都安葬在玫瑰花丛中的浪漫主义倾向。新中国成立前，那位曾指引杨秋花姐妹寻找解放区晴朗的天的年轻人李新生，因传播共产主义思想而惨遭国民党的杀害，被惨

烈地肢解。后来他的手、脚、身躯和头颅被人偷出，他们不约而同地选择了盛开着野玫瑰的山坡作为他的埋葬地，结果野玫瑰丛中新增了四座坟茔。在这里，环抱坟茔的野玫瑰花丛象征着生命的不屈和永恒，“野火烧不尽，春风吹又生”。新中国成立后，无独有偶，杨春花冤屈溺水后，也被埋在盛开着玫瑰的坡地。此外，骨子里透着英雄气的小号手柳江南，复员时怀里揣着伤残军人证，他却做出了抛弃头上的光环、不领抚恤金以普通老百姓的身份在乡下默默终了一生的选择。临死时，他留下遗言：把他埋在塔山下的野玫瑰花丛中，他要嗅着野玫瑰的香味。结果“……柳江南的坟前，那一簇簇野玫瑰，红灿灿一片，像燃烧的火焰”（曾剑，2009：363）。这样浪漫的安排和选择，虽然带有浓烈的理想主义的色彩，但作者所要体现的生与死的内涵着实让人感慨：正是像梅生和李新生这样花样年华的流血和牺牲，像杨春花和柳江南这样征战南北的军人的奉献和守护，才换来和保障了我们今天花样美好的生活。因此，生命的价值不在于生命的长短，而在于生命的精彩，烈士的生命虽然短暂，但他们的奉献和牺牲价值连城。在为正义的事业献身时，他们的生命宛如夜空中的焰火，璀璨夺目，他们让我们对死亡有了新的感悟，对生命有了新的认知。

3. 铁血玫瑰活力与坚韧的寓意

《枪炮与玫瑰》前半部展现在读者面前的是“战地文工团”成员的群像，其中作者侧重描写男女舞蹈小分队的成员。而这两只小分队的男分队长宋春来和女分队长杨秋花则是“起承转合”的关键人物。这些文工团团员们正是十八九岁的豆蔻年华，像报晓的春燕叽叽喳喳，充满了生命的活力：16岁的刘磨栓和林自芳、17岁的宋春来和杨春花、18岁的梅生和柳江南、19岁的杨秋花……他们葱茏的青春宛如喷薄的红日，散发出生命的激情。

他们年岁虽小，但在战场上，他们是爱和美的使者。作者对文工团主要成员的取名独具匠心：杨秋花、杨春花、梅生、宋春来、林自芳、柳江南、丁香……只看名字本身，就宛如置身于江南某个杨柳依依、花团锦簇的大花园。这些饱含诗情画意的名字传递出浓郁的生活气息，正契合了文章抒情的基调，让读者似乎嗅到了花的芳菲和受到了情的抚慰。在战场上，小小年纪的他们也身体力行地诠释着“林自芳”名字的寓意：像花儿一样自吐芬芳（曾剑,2009：148）；像“梅生”名字所暗含的“梅花香自苦寒来”那样，在冰天雪地的朝鲜战场上磨砺、奉献，乃至牺牲……可喜的是，他们人如其名：丁香古道热肠、杨秋花在瑟瑟秋风中不屈不挠、宋春来在冬去春来中翘首期盼……这些如花似玉的年轻人充满了青春的朝气和活力，在枪炮轰鸣的朝鲜战场，他们是人间的美丽天使。作者直抒胸臆把文工团比作美不胜收的花园，那里的姑娘一个个长得跟花似的（曾剑，2009：247）。在描绘“美丽”时，作者的语言很风趣幽默，他借战事休整期间柳江南的口吻说道：杨秋花和丁香是文工团的“四大美”——“杨秋花的眉毛丁香的嘴，杨秋花的头发丁香的腿”（曾剑，2009：206）。这俏皮话生动地概括了丁香的樱桃小嘴和匀称的细腿、杨秋花的飘飘长发和弯曲的柳叶眉……使青春年少的男文工团团员们更有了生活的奔头和念想。

作为文艺兵，他们是一个特殊的团体，他们既是刚毅坚强的军人，又是能歌善舞的演员。当志愿军彭德怀总司令在慰问他们所在的这支被敌人称为来去如神兵的“旋风”部队时，曾生动地把文工团团员特别是女文工团团员们比喻为“风中玫瑰花”（“旋风部队”中的玫瑰）（曾剑，2009：85）。彭总赞誉他们历经风雨，愈加鲜艳。彭总的比喻形象贴切，一语中的。“风中玫瑰花”成了一个寓意，成了一个象征，成了文工团团员们活力和坚韧的一个标签。

文工团这枝摇曳在硝烟中的“风中玫瑰花”成了血雨腥风战场上

的一道靓丽风景线：他们柔韧的身姿穿梭在铮铮铁骨的军人中，他们柔美的嗓音回旋在震耳欲聋的枪炮声中。他们肩负着振奋人心、鼓舞士气的使命，给战场上部队带去爱和美的精神食粮：梅生的快板、柳江南的小号、宋春来的《炮兵舞》、丁香的《白毛女》、柳江南的《阿里郎》、刘磨栓的皮影戏、杨秋花的《战地黄昏》……最鼓舞士气的是宋春来的《志愿军战歌》表演唱："雄赳赳、气昂昂，跨过鸭绿江；保和平，卫祖国，就是保家乡……"台上台下激情燃烧、热血沸腾，演员的表演唱变成了舞台上下的合唱、全体合唱又变成了各个方阵的轮唱，歌声不息，此起彼伏……这一个个节目使冲锋陷阵的军人们士气如虹、活力充沛。这源源不断的活力又化为排山倒海的火力，增强了部队的战斗力。胜利的军功章里有战地文工团的功绩。《枪炮与玫瑰》把朝鲜战场上的战地文工团作为主要的描写对象和讴歌对象，弥补了军事小说中的一个薄弱环节。在欣赏小说，了解历史的同时，我们不得不赞叹作者的历史慧眼。

此外，在朝鲜战场上，文工团不只是一枝柔情玫瑰，更是一枝带着韧性的铿锵玫瑰。他们不仅象征青春与活力，更象征顽强与坚韧。虽然他们没有身处前沿阵地，相对来说要安全一些，但他们却想方设法深入前线，到战斗班排去教歌、鼓舞士气。刘磨栓就是牺牲在前往前沿阵地给官兵们教歌的途中。杨秋花在空袭中受伤后，为了节省麻药坚持不上麻药动手术，自己却痛得撕心裂肺。文工团团长陈聚旗作为一名舞者却坚强地忍受着截肢之痛，当坏死的腿被截掉之后，他吩咐队员将其冰冻在寒冷的溪流边，回国时把断腿取回放在小提琴盒里并宝贝万分地背在身上带回国……这些伤感的情景让人落泪、让人敬佩。他们本可以成为艺术家，战争却改变了他们的命运、碾碎了他们的文艺梦想。但经过战火洗礼的他们，练就了坚毅的品质和永不褪色的军人作风。

分队长杨秋花是一个带着坚韧烙印的老战士代表。书的后半部主要讲述了杨秋花被错划为“右派”与宋春来离婚后到农村改造的曲折经历。伴随着她命运的转折，作者将书的主题上升到了一个新的高度：以杨秋花为代表的“风中玫瑰”在战火中是坚强和勇敢的代名词，在和平时期更是坚韧和不屈的典范。从孩提时代寻找解放区的天开始，到青年时代在战场特别是朝鲜战场上出生入死，直至中老年被下放到农村淋风栉雨，劳动改造，杨秋花都没有怀疑过自己的信仰，都没有动摇过对党和军队的忠诚和热爱。在艰苦的劳动之余，她会经常爬上山顶，聆听远方那细弱游丝的军号声（曾剑，2009：317）。那熟悉的号音不仅给她勇气和力量，更是她赖以生存的精神支柱……她给离婚后上天意外馈赠给她的腹中的孩子取名“宋小军”，深切地表达了她对军队的难以割舍的情怀。在20世纪70年代末，她毅然把独子宋小军送到军队，体现的更是一个老战士对党、对军队的一颗赤诚之心。

为了外化她这种矢志不渝的坚韧性，作者以看似不经意的手法淡淡地描写了她在农村的一个生活细节——养玫瑰花。对杨秋花而言，十几岁时在黄安一中门口追赶那个贴《穷舍报》的年轻人，这是她生命中一条命运攸关的线索。年轻人匆忙中塞给她的印有红色火炬的白手帕，那宛如玫瑰般鲜红如血的红火炬一直燃烧在她的生命中……此外，在她心目中，从梅生、林自芳的牺牲特别是从郑晓野的牺牲开始，那一朵朵铁血玫瑰似乎就长在了她的心间。这就是在这艰难的二十多年中，她一直保持着养玫瑰的习惯的原因。而且，她不仅养花，还特意把花摆放在窗台上，让自己时时能看到它，夜深人静，她会偷偷对着玫瑰练功。因为玫瑰总是给她一种高昂、激越的力量。杨秋花在欣赏玫瑰，读者在欣赏杨秋花。因为经过战火洗礼后的杨秋花本身就是一朵生命力很强的玫瑰，和平时期不公正的疾风暴雨没有将她摧垮、压断。心中怀着那盏不灭的信念的灯，坎坷的命运将她锤炼成了一个无畏的勇士，她本身就是一个象征着坚韧的符号。

4. 结语

作者以虚实结合的叙事手法，用抒情和对照的方式将“炮弹”和“玫瑰”两个分别代表刚性和柔性的矛盾意象串联起来，塑造了一群血肉丰满的战地和战后文工团团员的人物形象。以玫瑰作为主要意象，在写实和写意中来突出战争与和平、战争与爱情的主题是《枪炮与玫瑰》最独特的亮点。生活中，特别是战场上充满爱和美的铁血玫瑰具有多重的寓意，既象征着和平与希望，又象征着生命与永恒，更象征着活力与坚韧。作者以其独到的历史眼光，让我们去回溯那段保家卫国的历史，让我们去体验那段不公正的、对个体命运有着颠覆性锻造的和平时期的历史，具有感悟生命、珍惜和平、坚定信仰的现实意义。

第二部分

中英诗歌和世界谚语中“玫瑰”意象赏析

… Life to life ——

I lean upon thee, Dear, without alarm,

And feel as safe as guarded by a charm

Against the stab of worldlings, who if rife

Are weak to injure. Very whitely still

The lilies of our lives may reassure

Their blossoms from their roots, accessible

Alone to heavenly dews that drop not fewer;

Growing straight, out of man's reach, on the hill.(No.24)

莎士比亚十四行诗中“玫瑰”意象对主题的表现

威廉·莎士比亚（1564-1616）是文艺复兴时期英国最伟大的戏剧家和诗人，他一生共写了37个剧本、154首十四行诗、两首长诗和若干短歌。他脍炙人口的剧作使他登上了世界文学的高峰。他的十四行诗也毫不逊色，征服了时间和读者，成为世界古典诗歌的精品。

莎士比亚的十四行诗（sonnet）能高高耸立于英国文艺复兴时期文学和世界文学的峰巅，这与诗人能挖掘出感人至深的情感来表现主题和诗人高超的诗歌艺术技巧密不可分。

莎士比亚以情为线索歌颂了爱情和友谊这一文艺复兴时期文学创作的重要主题。在“爱”（友爱和爱情）的大题材下，诗人以“真、善、美”为主题贯穿整部诗集。在其第105首十四行诗中，他郑重宣告：“‘Fair, kind , and true,’ is all my argument, ‘fair, kind, and true,’ varying to other words.”（真，善，美，就是我全部的主题，真，善，美，变化成不同的辞章）（屠岸译，1981：105）。“莎士比亚认为，美同真、善是不能分开的。没有真实的生活作为基础，美就成为抽象而空洞的东西，无所依托。没有善的思想指导，美就失去灵魂，不能永生”（王忠祥，1982：59）。在这部表现“真善美”主题的十四行诗的浩浩长卷中，莎士比亚一反传统的以一首诗表现一个主题的写作手法，将诗歌一气呵成，歌颂了纯真的友谊和真挚的爱情，洋洋洒洒将“真善美”的主题反反复复贯穿于154首诗的字里行间。

“尽管同一主题他翻来覆去地去描述，但他的每一首十四行诗都给人以美的享受”（董榆萍，1988：108）。这样同一主题的反复吟诵，不仅没有让读者觉得枯燥乏味、冗长拖沓，反而让人耳目一新、久久回味，这与莎士比亚高超的艺术表现手法息息相关。他独树一帜，独创“莎士比亚式（Shakespearian Sonnet）”或“伊丽莎白式（Elizabethan Sonnet）”的十四行诗。他没有沿袭意大利诗人彼得拉克（Petrarch,1304-1374）首创的十四行诗的模式：前一部分由两段四行即八行段（octave）组成，后一部分由两段三行即六行段（sestet）组成，韵式为abba abba cde cde或abba abba cdc cdc；莎士比亚革新了十四行诗：三组“四行诗”（quatrain）和两行“对句”（couplet）构成了他的十四行诗，韵式为abab cdcd efef gg，每行五音步，抑扬格五韵律（iambic pentameter），读起来朗朗上口，宛如一部旋律优美的音乐作品。他每首诗末尾两行以对句的形式，言简意赅地点明该诗的主旨，形成蕴涵哲理的名言警句，发人深思。他的诗比彼得拉克的诗音乐性更强，起承转合更自如，主题表现更精辟独到。

另外，作为一位拥有一万六千多英语词汇的文学巨匠，莎翁选取了数以千计的意象来体现他和朋友间真挚深厚的友谊、他内心对青春的呼唤和对美的渴求、他对黑肤女郎的迷恋、时间的无情流逝、生命的转瞬即逝以及文学永恒的魅力……诗人成功地借助具体的“心中之象”（意象）将抽象的感情物象化。

在意象的选取中，莎翁选取了无数的“原型意象”来讴歌真、善、美。所谓“原型意象”是指在某种抒情传统中长期反复使用并因之产生了固定内涵的模式化意象，玫瑰就是这样的一个“原型意象”。众所周知，玫瑰是爱情的象征，玫瑰似乎已成爱情的代名词。在西方，玫瑰花宛如东方中国的梅花，承载着丰富的精神内涵，除了象征爱情，玫瑰还是希望、美丽、勇气、博爱、坚韧、不屈、向上等品质的象征。在这部十四行诗集中，莎翁屡次撷取玫瑰这一经典的意象来传情达意，使“玫瑰”意象成为他十四行诗中林林总总意象群里耀眼的一个，起到深化主题的效果。

1. 玫瑰意象对“美”与“善”的表现

生活离不开美，诗歌亦如此。在第一首诗中莎士比亚就开门见山以“玫瑰”的意象来象征青春美貌，以此来规劝好友“花无百日红”，再美的花儿到头来总会凋谢飘落。他以玫瑰的意象巧妙地带出这部十四行诗的第一个主题——美：

FROM fairest creatures we desire increase,
That thereby beauty's rose might never die,
But as the riper should by time decrease,
His tender heir might bear his memory.
（我们要美丽的生命不断繁殖，
能这样，美的玫瑰才永不消亡，
既然成熟的东西都不免要谢世，
优美的子孙就应当来承继芬芳。）（屠岸译，1981：1）

莎士比亚十四行诗集的前126首，据传统解释，是作者献给一位俊美的贵族男青年的。一般认为，这位贵族青年是莎士比亚的保护人南安普顿伯爵（桂扬清，2001：29）。这位男子固执己见，不肯结婚，这让诗人又急又恼。为了使他走出孤芳自赏的境地，为了使他不再吝于付出，莎士比亚在这126首诗中苦苦相劝，他诚恳地规劝好友不要只陶醉于自我欣赏，应该步入婚姻的殿堂去繁衍后代，使自己的美世代相传。诗人以深受人们青睐的玫瑰来象征美丽，以此展开诗篇。他暗示道：就像玫瑰会凋谢一样，成熟的东西、美的东西不免会消亡，为了让你英俊的外表永存，你必须结婚生子，让后代来延续你美的容颜……

以玫瑰的意象引出“美”的主题后，诗人在后面的诗篇中进一步以笼统的“花蕾”“花”等意象来渲染、烘托主题：“Within thine own bud buriest thy content”（No.1）。诗人责怪朋友：你不成家，等于在自己的花蕾里把自身埋葬，让含苞待放的花儿凋落，这多不应该啊！“Rough winds do shake the darling buds of May.”（No.18）诗人警告道，除了人为的力量，自然的力量更是强大，狂风也会把五月娇美的花苞吹落地，自然的力量不可违抗，甚至“美”也不能幸免。“When beauty liv'd and died as flowers do now.”（No.68）诗人理智地指出，青春美不会永远持续，正如花终会开败一样……由此可见，“花”和“美”不仅有外在的相似性（美丽动人、赏心悦目），还有内在的相似性（花期短暂、青春易逝）。此外，“花”和“美”在时间的长河中还有盛衰交替的相似性，诗人认为“美像花一般茂盛又衰败”（No.68）。由于人的美貌不是永恒的，正如花有花期，花开花落，年年循环。老态龙钟终要替代青春美貌，生生死死乃自然规律。唯有结婚成家，生儿育女，美才能像花一样代代相传，生生不息……

诗人坚持认为外在美（outward fair）是短暂易逝的，而内在美（inward worth）是长久不衰的。纵观整部诗集，内在美（人格美）其实就是“善”。诗人坚信，一个人应该是“美”与“善”的统一体，“你应该像外貌一样，内心也和善”（Be, as thy presence is, gracious and kind. No.10）。诗人认为“善”在一个人身上的表现形式是：首先，不自私，具有牺牲精神；其次，要有反对社会上一切罪恶的正义之举，以及自己要检点行为，不与恶人来往。

在“不自私”这点上，诗人把“善”的观念与爱情、婚姻联系起来，认为“独身”是一种自私自利的行为。不生育，不留子孙，那会使“美与真同归于尽”（Thy end is truth’s and beauty’s doom and date. No.14）。所以，他奉劝爱友不应该自私，只为自己而活，应该多一些慈悲心怀，使自己的美在后代身上永存，这是一种善举。况且许多没栽过花儿的处女园地，都诚心诚意欲把他的“活花”培育呢（And many maiden gardens, yet unset, / With virtuous wish would bear you living flowers. No.16）。诗人形象地把“后代”比作“活花”，颇让人耳目一新……

在“检点行为”这方面，诗人也形象地以花进行比拟。诗人以花的天然色彩与花的馥郁香味来比喻人的外表美和内在美。外表美赢得的只是“表面的赞叹”（Thy outward thus with outward praise is crown’d. No.69）。爱友与恶徒来往，似乎让人觉得其沾染上了恶习，使他的内在美（善）大打折扣，人们看不到他的内在之美，认为他这朵鲜花“色”与“香”不匹配。本是朵“艳丽可人的鲜花”（美），却偏偏“散发出烂草的臭味（To thy fair flower add the rank smell of weeds. No.69）”，让人扼腕叹息，这怎不让诗人痛心疾首。因此诗人规劝好友不要与恶徒来往，被其利用：

Why should false painting imitate his cheek,
And steal dead seeing of his living hue?
Why should poor beauty indirectly seek
Roses of shadow, since his rose is true?
（为什么要用脂粉冒充他的容颜，
从他的生动的神采偷取死板的模样？
他脸上既已具有玫瑰的鲜艳，
又何必摹绘那玫瑰的影像？ No.67）（梁实秋译，2002：101）

诗人认为，自己的好友有了真花（玫瑰），就应该好好珍惜，不要被恶徒们利用，被他们以涂脂抹粉的形式进行仿造，这样会亵渎了玫瑰这朵真花的价值，玷污了好友的德行。

因此，在对“善”的表现上，诗人成功地以“恶”来进行反衬描写。与“善”相对立的恶有“内在恶”与“外在恶”两种，“内在恶”指“邪恶、自私的品行”，而“外在恶”指“外来的诱惑”。纵观整部诗集，诗人坚持认为自己的爱友表里如一，既善又美，“德行海一样广大”（But since your worth—wide as the ocean is. No.80）。但他这朵鲜花除了自私不肯成家外，有时还难以抵御外来的诱惑，这情有可原。诗人没有以抽象的说教来阐明“人皆会犯错误”的道理，而是以与“花（玫瑰）”相关的意象“刺”“恶虫”等来形象地进行描述：“玫瑰有刺儿”（Roses have thorns. No.35）、“可恶的蛀虫也要在娇蕾里生长”（And loathsome canker lives in sweetest bud. No.35）、“因为恶虫顶爱在娇蕾里生长”（For canker vice the sweetest buds doth love. No.70）。这些意象的恰当的运用，使读者与诗人产生共鸣，大度地原谅其爱友的偶尔误入歧途。诗人同时让人明白，每个人心中都有善，要激发人性中的善，我们应该以善良的心去包容他人的错。

2. 玫瑰意象对“美”和“真”的表现

在莎士比亚十四行诗集中，“真”（truth）主要蕴涵两方面的内容：对友情和爱情肝胆相照的忠贞不渝，对艺术及诗歌孜孜不倦的求真务实。在体现“真”这一主题时，玫瑰意象也得到了恰如其分的运用。

在前126首十四行诗中，莎士比亚对朋友忠诚，以真心相见，他对爱友声声饱含深情的称呼显露了他对待朋友的真挚情怀。他把他年轻的贵族朋友称为 fair friend（No.104，美友），my love（No. 40、63、65、66、105、138、100，我的爱人），my lovely boy（No.126，我可爱的孩子），my beloved（No.105，我的爱人），sweet boy（No.108，甜孩子），dear friend（No.30、111，爱友、好伙伴），unthrifty loveliness（No.4，不懂节俭的可人），love（No.22，我爱），beauteous and lovely youth（No.54，可爱的美少年），sovereign（No.57，我的君王），dear love（No.72，亲爱的），sweet love（No.76、79，我的甜爱）……简洁的称呼，莎士比亚竟然用了如此多的变体，由此可见莎翁惊人的词汇量。在所有称呼中玫瑰意象的出现，把诗人这种真情推向了极致：

For nothing this wide universe I call,

Save thou, my rose; in it thou art my all.

（我说，广大的世界是空空如也，

其中只有你，玫瑰呵！是我的一切。No.109）（屠岸译，1981：109）

诗人把自己的好友比作美的玫瑰。在与好友离别的日子里，诗人空虚寂寥，度日如年。但一想到好友诗人便内心充实，欢呼雀跃。这种强烈的对比营造了一种友谊是他的生活中须臾不可离的阳光和空气的氛围，在这爱的氛围中“玫瑰”如一支熊熊燃烧的火炬照亮了诗人孤寂的心灵。玫瑰意象的运用深华了诗人和好友间真挚的友谊这一主题，进一步阐述了诗人所坚信的“厄运能把他俩拆散，却改变不了他们对爱的专一和纯真”（No.36）的信念以及诗人在遭到更大的厄运的残害时，从爱友的“真与德中得到了慰藉”（No.37）的喜悦心情。

在春天，诗人与好友离别后，诗人更是触景生情，将自己对好友情真意切的思念之情抒发得淋漓尽致：

Nor did I wonder at the lily's white,

Nor praise the deep vermilion in the rose;

They were but sweet, but figures of delight,

Drawn after you, you pattern of all those.

（我也不惊叹百合花晶莹洁白，

也不赞美玫瑰花深湛的红色；

它们不过是仿造你喜悦的体态

跟姣美罢了，你是一切的准则。No. 98）（屠岸译，1981：98）

诗人认为，好友不在身边的日子，明媚的春天宛如凛冽的冬天，透过洁白的百合和鲜艳的玫瑰，诗人所看到的仍然是好友的音容笑貌。花儿只是好友的影子罢了，好友是花儿的标准模型。因为诗人一直认为，他的好友是真与美的标准（容貌美丽，内心纯真）。诗人借诗神缪斯之口说道："真，有它的本色，不用彩饰，美，真正的美，也不用着色；不经过加工，极致仍然是极致。"（No.101）由此可见，诗人以花的美反衬好友的美，以贬低花儿来盛赞好友，传递出对好友深深的敬佩和思念之情。

花似人、人如花，在第九十九首诗中诗人进一步以紫罗兰、百合、薄荷、玫瑰这些花卉为意象来描写所有的花儿都酷似他的爱友，因为这些美丽的花儿偷窃了他爱友的美貌，其中诗人对玫瑰的描写最为生动有趣：

The roses fearfully on thorns did stand,

One blushing shame, another white despair;

A third, nor red nor white, had stol'n of both,

And to his robbery had annex'd thy breath;

（害怕地站在枝头的玫瑰，

白的，偷你的绝望，红的，偷你的羞臊；

不红不白的，就把这两样都偷，

并且在赃物中加上你呼出的芳香；No.99）（屠岸译，1981：99）

诗人将玫瑰拟人化，神形兼备地刻画了三位“窃贼”——红玫瑰、白玫瑰和杂色玫瑰，它们惶恐不安的神态让人情不自禁地赞叹诗人描写的神妙：玫瑰的色彩和芳香竟然窃自诗人的爱友，诗人的想象力是何等的丰富和奇特啊！诗人的好友比人们心目中娇媚的玫瑰更美好，可见其是何等的优秀和完美。

此外，诗人坚信艺术及诗歌有着永恒的生命力。除了以结婚生子的方式来延续美，诗人认为要抗拒“时间的镰刀”的摧残，另一种方式是他将使朋友的美在他的诗句中得到永存（His beauty shall in these black lines be seen. No.63）。诗人认为“美”与“真”相辅相成，世间的“美”可借助诗歌这一由“真”构成的载体得到永恒。在第五十四首诗中，诗人完全借助玫瑰的意象，体现了他的这种艺术思想：

O! how much more doth beauty beauteous seem
By that sweet ornament which truth doth give!
The rose looks fair, but fairer we it deem
For that sweet odour which doth in it live.
The canker-blooms have full as deep a dye
As the perfumed tincture of the roses,
Hang on such thorns, and play as wantonly
When summer’s breath their masked buds discloses:
But, for their virtue only is their show,
They live unwoo’d, and unrespected fade;
Die to themselves. Sweet roses do not so;
Of their sweet deaths are sweetest odours made:
And so of you,beauteous and lovely youth,
When that shall vade, my verse distils your truth.
（呵，美如果有真来添加光辉，

它就会显得更美，更美多少倍！
玫瑰是美的，不过我们还认为
使它更美的是它包含的香味。
单看颜色的深度，那么野蔷薇
跟含有香味的玫瑰完全是一类，
野蔷薇自从被夏风吹开了蓓蕾，
也挂在枝头，也玩得如痴如醉：
但是它们的好处只在容貌上，
它们活着没人爱，也没人观赏
就悄然灭亡。玫瑰就不是这样，
死了还可以提炼出多少芬芳：
可爱的美少年，你的美一旦消亡，
我的诗就把你的真提炼成奇香。No.54）（屠岸译，1981：54）

诗人以“野蔷薇”和“玫瑰”这两个意象进行对比，对“真”和“美”进行了形象的阐述：缺乏“真”的“美”是没有生命力的，只会昙花一现、稍纵即逝，就像野蔷薇孤芳自赏，悄然凋谢。而沁人心脾的芳香（真）为玫瑰花（美）锦上添花，使其更妩媚娇美、惹人喜爱。纵使玫瑰香消玉殒，从它芬芳的花瓣人们还可提炼出奇香（香水）。从整部诗集来看，“提炼奇香”有两层含义：以结婚的方式生儿育女和将“美”永存于诗歌中。在此诗人以芳香的玫瑰为意象成功地传达了第二层意思：假如有朝一日好友美貌不在，诗人会以诗歌传情，将好友提炼出来的“真”（忠实）在诗歌中表达出来，使“真”所散发出的奇香泽被后世、代代相传。

此外，在对艺术形象的塑造中，诗人采取了求真务实的态度。诗集的第一百二十七首到第一百五十二首，诗人是写给一位自己仰慕的黑肤女郎的。在第一百三十首诗中，诗人一反传统，对于情人美若天仙的描写，以白描的手法，勾勒出女郎具有朴素之美的容貌。在运用玫瑰的意象时，诗人平实地写道：

I have seen roses damask’d, red and white,
But no such roses see I in her cheeks;
（我见过粉红色玫瑰，又白又红，
但在她腮上我看不见这样的玫瑰。No.130）（梁实秋译，2002：177）

众所周知，rosy cheeks（红润的脸颊）是人们最常用的描写人特别是少女的脸色的词句。诗人却一反俗套，以纪实而非夸张的手法来描写这位女郎。虽然她的双颊没有玫瑰红，但诗人还是对她一往情深，在诗人的心目中她远胜美丽的玫瑰花，因为自然美胜过修饰美，内心美胜过外表美。“你是最美最珍贵的珠宝”（No.131）“天啊，我的爱人之美丽，正不下于被人妄相比拟的任何妇女”（No.130）……爱情的魔力使诗人如痴如醉，这种先抑后扬的写作手法更真实生动地抒发了诗人炽热的情感，他的情感是纯而不杂的。难怪他的作品会充满旺盛的生命力，难怪人们把莎士比亚的十四行诗集称为“亘古常青的爱情圣经”，这丝毫不为过。

3. 结语

玫瑰意象的运用贯穿莎士比亚的154首十四行诗。诗人通过对玫瑰意象的生动的运用，成功地展现出人性美中最辉煌的乐章——真、善、美，同时又与假、恶、丑形成鲜明的对比。

玫瑰意象的成功运用既深华了诗集的主题，又使主题的表现更具体化、形象化，避免了抽象的说教。诗人形象地以玫瑰比拟美，以玫瑰的芳香比喻善行，以玫瑰的香精比拟真的永久性。以此劝诫好友应该有善的品行，愉快而勇敢地承担起传承后代、繁衍生息的个人和社会责任，把美传承给后代。同时诗人又认为肉体易灭、灵魂永生；青春易逝，艺术永恒。为了与时间抗衡，诗人义不容辞地把真、善、美这些美德写入其诗篇，让他所爱的人在他的诗作中永恒。

作为英国文艺复兴时期人文主义者的先进人物，莎士比亚热情地呼唤人们不能丧失对爱和美的感受能力。借助“玫瑰”这一深受世人青睐和具有丰富的精神内涵的意象，莎士比亚热情讴歌了友谊和爱情这一文艺复兴时期文学创作中的重要主题和题材。在十四行诗集中，诗人成功地表达了文学是真、善、美的组合和真、善、美是他诗集的全部主题的人文主义思想。

勃朗宁夫人《葡萄牙人十四行诗集》中的天堂玫瑰

《葡萄牙人十四行诗集》(*Sonnets From The Portuguese*)是19世纪英国著名女诗人伊丽莎白·巴雷特·勃朗宁(Elizabeth Barrett Browning，1806-1861)为诗人罗伯特·勃朗宁(Robert Browning，1812-1889)写的一部爱情组诗。整部诗集由44首十四行诗组成，采用“意大利式十四行诗”(Italian Sonnet)的格律，韵脚排列是abbaabba cdcdcd，由前八行(octave)与后六行(sestet)上下两阕组成，与“莎士比亚式十四行诗”(Shakespearean Sonnet)abab cdcd efef gg的换韵方式和三个四行组(three quatrains)及一个对偶句(a couplet)的结构方式有所不同。诗集中每首诗只换四次韵，与换七次韵的莎士比亚十四行诗相比技巧难度更大。在文学史上，这部诗集与莎士比亚的154首《十四行诗集》相互媲美，把十四行诗推上了一个不朽的高峰，成为英国文学的瑰宝。

在诗集中，女诗人以真挚的情感和高远的意境将她恋爱时微妙复杂的心路历程刻画得丝丝入扣：爱神不期而至时的惊恐犹疑和受宠若惊，初涉爱河时的小心翼翼和暗暗欣喜，爱潮涌动下对爱情持久性的彷徨和质疑，深陷爱河后自尊与自卑、愉悦与痛苦的矛盾纠缠，在爱的甘霖滋润下对爱情的开怀接纳和激情拥抱，沐浴在爱河中对爱人的感恩之情与无私之心……整部诗集给人的感觉是一个词“纯真”，女诗人以“纯”和“真”为经线和纬线精心编织了一幅纯洁无瑕的爱情织锦。这种至真、至纯、至美的爱情似乎是盛开在纯净天堂里的朵朵白玫瑰……

1. 天堂玫瑰的热度和亮度

当爱神突然来敲门时，过着半隐居生活的伊丽莎白·巴雷特·勃朗宁感到惊慌失措。从小活泼好动、酷爱骑马的她15岁时因从马背坠落使脊椎受伤而致残，在之后24年的漫长岁月中她一直与书为伴，卧病在床。她的身体被禁锢在病榻上，她的心也被幽禁在了病室中。她幽幽然地锁起爱的大门，独自蜷缩在寒冷、黑暗的囚室里。在诗集的第一首诗歌中，诗人写道“I thought once how Theocritus had sung/of the sweet years…”，揭开了整部组诗的序幕。女诗人以公元前三世纪的希腊田园诗人 Theocritus（肖克里特斯）开篇，描绘了他在《田园诗》中所吟唱的载歌载舞、用美酒庆贺丰收的欢乐场面。这样的序曲使整部诗集弥漫在一种田园风光和浪漫色彩的氛围中。但这些幸福是属于遥远的人们的，诗人根本不敢奢望。透过别人的幸福，诗人看到的是自己的“The sweet, sad years, the melancholy years”，诗人的生命岁月是甜美中饱含更多的哀伤和凄凉。在这种虚幻与现实、欢乐与悲伤的强烈对比中，爱情以迅雷不及掩耳的速度降临了。诗人笔锋一转，在后六行中把爱神刻画得惟妙惟肖：

A shadow across me. Straightway I was ware,
So weeping, how a mystic shape did move
Behind me, and drew me backward by the hair;
And a voice said in mastery, while I strove,

“Guess now who holds thee ! ” “Death,” I said. But, there,
The silver answer rang, “ Not Death, but Love.”(No. 1)

诗人生动形象地将爱神拟人化：风风火火的爱神携着神秘的黑影，不由分说拽住诗人的头发猛力往后拖。爱神的面目在这里是狰狞而恐怖的，难怪诗人错误地把它当成了死神。在诗人眼中，这是一朵带着死亡气息的炼狱玫瑰。可当爱神开口时，它的声音却如银铃般动听，它可怖的外表下藏着一颗柔软的心。在悦耳的爱情声中，诗人为了挣脱死亡阴影的笼罩，被动地开始了一场爱情马拉松。

但当爱神吹响嘹亮的起跑哨音后，对于她这样一个长期卧病在床的残疾人来说，起跑太艰难，漫漫的长跑对她而言似乎是生理和心理的双重撕扯。她被爱情遗忘得太久，被黑暗幽闭得太长，以至于当爱情之光照向她时，她如一个重见天日的盲人被万丈光芒刺得晕头转向、不辨东西：“让我的眼睛暗淡无光，惩罚我无法望到你——即便我离开人世”（深幻，王立译，2004：5）……

伴随着被爱的光芒笼罩后的头晕目眩，她的自卑心理接踵而至。她把求爱者比作“尊贵的人”（No. 3: princely Heart ）、“女皇盛宴的贵宾”（No.3：a guest for queens to social pageantries）、“会写佳作的最优雅的诗人”（No.4: most gracious singer of high poems ）、“慷慨高贵的馈赠者”（No.8: princely giver）、“高贵如同帝王”（No.16: more noble and like a king），而她称自己为“穷困疲惫的流浪歌者”（No.3: a poor, tired, wandering singer）、“疲倦的行吟之人”（No.11: weary minstrel-life）、“破旧失音的六弦琴”（No.32: an out-of-tune worn viol），在高贵与卑微、富有与贫穷、健康与疾病、天才与凡人的鲜明对照中，自惭形秽的女诗人得出这样的结论：“我们根本不配成为情侣”（No. 9: We are not peers）。这是情理中的结论。由于身体病残，女诗人几乎足不出户。她生动地把自己比作“嵌在水晶中的蜜蜂”（No.15: a bee shut in a crystalline）、“羽翼湿透的鸽子”（No.35：the wet wings of thy dove）和还没学会飞翔的“雏鸟”（No.31: callow bird），由于疾病缠身，她根本无法振翅飞翔，根本无法融入对方生机勃勃的生活。再加上她比勃朗宁年长六岁，年龄的差距宛如鸿沟，也使她对彼岸的爱情望而却步。强烈的自卑感使她怀疑爱情之光的真实性：

Beloved, dost thou love ? or did I see all
The glory as I dreamed, and fainted when
Too vehement light dilated my ideal,
For my soul's eyes ? Will that light come again,
As now these tears come—falling hot and real ?（No.30）

“爱人啊，你真的爱我吗？……强烈的光芒让我妄想眩迷？”（深幻，王立译，2004：61）由于强烈的自卑心理在作祟，女诗人被爱的光芒刺得眩晕迷幻。她把现实之光当作梦幻之光，质疑爱情的真实性。她怀疑爱，但又渴望爱。她以光和泪的意象将自己矛盾的心情生动地展现出来：在微笑中流泪，在流泪中品尝幸福。她期望爱情像泪珠一样真实得可以触摸，期待这道爱情的强光能将她的心房照亮。

她手握着火热的尘世玫瑰，体验到的却是寒冷，爱情使她迷惘和迷失。她惴惴不安地把自己紧锁在黑暗的囚室中。她内心独白道：“爱人啊，我蜷缩在浓密的黑暗中”（No.21: Beloved, I, amid the darkness greeted”）。当爱情的阳光冲破阻挠的窗棂，锲而不舍地照耀着她黑暗的“心牢”时，她生命的寒冬里的坚冰在慢慢融化，她被冻僵的身体有了丝丝的暖意：

I lift my heavy heart up solemnly,
As once Electra her sepulchral urn,

And, looking in thine eyes, I overturn
The ashes at thy feet. Behold and see
What a great heap of grief lay hid in me,
And how the red wild sparkles dimly burn
Through the ashen grayness. If thy foot in scorn
Could tread them out to darkness utterly…（No. 5）

心儿在慢慢地暖和，感情在慢慢地升温。"看看吧，这么多悲哀堆积在我的心头，惨白的灰烬里仍然闪动着不羁的暗红"（深幻，王立译，2004：11）。虽然这么多年的毫无生气的生活使女诗人心如槁灰，对未来美好的生活已不抱幻想，但是在悲哀累积的灰烬里，仍隐隐约约闪烁着忽明忽暗的火星。这星星点点的火星像玫瑰的蓓蕾，或者被狂风吹折，凄美地落地夭折，或者在柔风中舒蕊展瓣。女诗人把自己沉甸甸的心类比为古希腊阿伽门农王的女儿爱蕾克特拉（Electra）手中的骨灰坛，表面上看是一坛逝去生命的骨灰，但爱蕾克特拉的兄弟奥莱特斯告诉她骨灰里依然旺盛着生命，只要生命不息，他俩仍然可以为被谋害的父亲复仇。女诗人暗示，死亡的东西哪怕只隐藏着一丝生的气息就不代表终极死亡；惨白的灰烬里哪怕只隐隐闪动着一颗火星就不代表火的熄灭。爱情也是如此，玫瑰蓓蕾有着顽强的生命力，爱的花朵是不会自己凋零的，除非爱人亲手摧残它、用脚践踏它。只等那一夜春风倏忽而至，快熄灭的火星被风一吹，爱心便会萌动，燃起燎原之火……

伴随星火燎原的过程是一个心灵煎熬的过程。从惶恐到拒绝、从拒绝到不忍、从不忍到不舍、从不舍到接受……在第三十二首诗中她描写了自己在爱的旋涡里的挣扎：

The first time that the sun rose on thine oath

To love me, I looked forward to the moon
To slacken all those bonds which seemed too soon
And quickly tied to make a lasting troth.（No. 32）

诗人对爱持续的热度产生深深的怀疑。她以稍纵即逝的一天的时间——太阳与月亮的交接班——来形象地阐述一见钟情的爱情的短暂。她认为太美好的东西获得太快也必定会消失得太快。当爱情伴着清晨的太阳喷薄而出时，会在惨白的月光照射下寿终正寝。爱情只会昙花一现，转瞬即逝。因此，她“怀疑照耀前路的每一线光芒”（No. 36: Distrusting every light that seemed to gild），她认为徘徊在忧伤中的爱根本无法绵延，还认为他俩大相径庭，由于各自朝着不同的方向行进，因此“照耀我们额发的不是同一束阳光”（No. 15: and cannot shine with the same sunlight on our brow and hair）。她的心被疑虑撕扯着，她痛苦万分。但当她换位思考、以己度人时，她终于体会到了爱人的痛苦：

Is it indeed so ? If I lay here dead,
Wouldst thou miss any life in losing mine ?
And would the sun for thee more coldly shine
Because of grave-damps falling round my head ?（No. 23）

“……没有我，你不再会有任何生机……连阳光也透出阵阵寒意”（深幻，王立译，2004：47）？她允许自己痛苦，但不允许痛苦降临到爱人的身上。如果由于她对爱一意孤行的拒绝而使爱人的生活了无生趣、陷入悲哀的深渊，使照耀爱人的灿烂、温暖的阳光变得凄凉寒冷，那她是不会宽恕自己的。她勇敢地宣告：“我要为你放弃墓穴，推开迫近而甜蜜的天国，与你在大地上厮守到永远。”（深幻，王立译，

2004：47）

在死亡与爱情的两军对垒中，爱情终于战胜了死亡。甜蜜的天国是虚幻的，而痛苦的大地是实在的。在死亡与爱情的撕扯中，女诗人的心灵在慢慢地成长。她心灵成长的过程是炼狱玫瑰慢慢枯萎的过程，在这个过程中天堂玫瑰慢慢地孕育蓓蕾。由冷变暖、由暗变亮，当量变积累到一定的程度，质变发生了——天堂玫瑰倏地盛开了，绽放出火焰般的生命光芒：

Yet, love, mere love, is beautiful indeed
And worthy of acceptation. Fire is bright,
Let temple burn, or flax; And equal light
Leaps in the flame from cedar-plank or weed:
And love is fire. And when I say at need
I love thee ... mark! ... I love thee—in thy sight
I stand transfigured, glorified aright,
With conscience of the new rays that proceed
Out of my face toward thine. There's nothing low
In love, when love the lowest: meanest creatures
Who love God, God accepts while loving so.
And what I feel, across the inferior features
Of what I am，doth flash itself, and show
How that great work of Love enhances Nature’s.（No. 10）

“不过，爱，只要是爱，它就确实美丽，/ 值得接纳。/ 火焰是勃勃生机……/ 而爱情就是这火焰。/ 当我不禁喊出：我爱你……记住！……我爱你——/ 那么在你眼里，我就站立得尊贵荣耀，/ 并意识到我的脸庞为你透出了新的光芒”（深幻，王立译，2004：21）……一旦被爱情的火焰点燃，天堂玫瑰就变成了火玫瑰。在这首诗的开篇，女诗人以喜悦的心情来讴歌爱情的美丽、以坦荡的胸襟来开怀接纳美丽的爱情。采取这样豁达的人生态度，对女诗人而言是生命历程的一个转折，是她从自闭到自爱、从自贱到自尊、从自卑到自信的一个质的飞跃。诗歌从具体的火的意象入手，全诗围绕一个隐喻“love is fire”来拓宽诗的空间和压缩爱的浓度，这一拉一压的作用力与反作用力，使读者的心随着作者的激情“咚咚”地欢快跳跃：爱就是火，炽热而火红、美好而温馨！爱就是火，点燃了爱、点燃了情！爱就是火，燃烧着身、燃烧着心！爱情之火的力量是如此巨大，将卑贱变为尊贵、将平庸变为非凡、将渺小变为伟大、将卑微变为荣耀……女诗人受伤致残后的24年间黯淡无爱的生活霎时被爱的火光照得通亮辉煌，平凡的女诗人被点亮成一个闪闪发光的生命体。

但女诗人在享受爱之光时饮水思源，念念不忘施爱者。她将自己的爱情之心升华为感恩之心，她大声地呼喊道：“是你的心把我的心从暗淡和衰弱中抱起，安放在黄金座上，靠在你的身旁——”（No. 12: Thy soul hath snatched up mine all faint and weak, /And placed it by thee on a golden throne.）女诗人认为自己无权将爱作为自己的东西来拥有和夸耀。她的心经历了从黯淡到光明、从衰弱到强壮的过程，完完全全是爱人的心给了她勇气和力量，她的感恩之情炽热滚烫。在诗集中，她尽情地感恩自己的爱人。她认为爱人对她的吻是“拯救之吻”（No. 27: saving kiss），“让她的额头重新闪耀希望的光芒”（No. 27: till the forehead hopefully shines out again）。这神奇的吻拯救了她的灵魂，闪烁出生命之光。她感恩爱人那颗与她的心一起巍然屹立的心（No. 22: our two souls stand up erect），他们彼此零距离拥抱，“直到双臂紧抱迸出火花”（No. 22: Until the lengthening wings break into fire）。她还把感恩的范围拓宽，“我向所有在心里爱我的人道谢，致以我内心的感激和爱意”（No.41: I thank all who have loved me in their hearts, / With thanks and love from mine/ Deep thanks to all）……在感恩的春风中，天堂玫瑰带着炽热的温度和耀眼的亮度盛开了。

2. 天堂玫瑰的纯度和色度

炽热耀眼的天堂玫瑰是纯净的，它没有沾染上世俗的尘埃。当勃朗宁向女诗人献上爱的玫瑰时，女诗人惊慌失措、难以置信，以为是死神送来的冰冷黯淡的炼狱玫瑰。随着交往的加深，女诗人终于从“疑”到“信”，从“不爱”到“深爱”，但面对用情专一、情深似海的爱人时，女诗人却退缩了：

I will not soil thy purple with my dust,
Nor breathe my poison on thy Venice-glass,
Nor give thee any love—which were unjust.
Beloved, I only love thee ! let it pass.（No. 9）

诗人用了两个意象“紫金袍”和“威尼斯水晶杯”来象征爱人的尊贵，在英美文化里 purple 有皇权和高贵的象征意义；而诗人用“污垢”和“浊气”来刻画自己的卑微，以此形成鲜明的对照。据说名贵的威尼斯水晶杯，沾到毒药便会自行爆炸；为了不玷污爱人、为了不伤害爱人，女诗人宁愿牺牲自己来成全爱人。因为深爱而狠心让爱人走开，不想让爱人浸泡在自己凄苦的生活中，这是对“有一种爱叫作放手”的爱情哲理的具体诠释。女诗人深邃而崇高的爱情观让人肃然起敬。虽然她伤残的外表并不美，但她的内心却那么纯净、美丽，她这种内在美给人的震撼力是持久不衰的。难怪勃朗宁写信对她说：“我全心全意地喜欢你的书，同时我也爱你。”（Abrams & Greenblatt，2001：1892）

除了拥有一颗被善良打造的金子般的心，女诗人浑身还洋溢着一种真挚的情怀。当得知自己误解了心爱的人、小觑了心上人对自己的爱恋时，女诗人在阳光下敞开心扉，勇于认错、勇于剖析自己隐秘的心理，她这种真切的情感和坦荡的胸怀让人钦佩：

Pardon, oh, pardon, that my soul should make
Of all that strong divineness which I know
For thine and thee, an image only so
Formed of the sand, and fit to shift and break.（No. 37）

“原谅我吧，原谅我，我内心应深知你所有的神圣，而不该把它们当作沙像，脆弱易碎。”（深幻，王立译，2004：75）诗人有着宽阔的胸襟，有错她就大声地说出来，决不忸怩遮掩。她一遍又一遍地呼唤，请求爱人的宽恕。她的“认错”带着孩童般的纯真，越发显出了她的质朴和可爱。她以不堪一击的“沙像”来类比自己对爱人的神圣性的误解，形象生动，让人产生联想，具有很强的说服力。这与她把爱人比做“一株坚强的树”（a strong tree，No.29）有着异曲同工之妙。

水静则流深，受伤后二十多年死水般的生活除了馈赠给女诗人一颗善良、纯真的心外，还磨砺了她的一双慧眼：

…But I look on thee——on thee——
Beholding, besides love, the end of love,
Hearing oblivion beyond memory;
As one who sits and gazes from above,
Over the rivers to the bitter sea.（No. 15）

凝视着爱人热烈而坚定的眼神，女诗人终于找寻到了自己爱情的归宿，众里寻它千百度，眼前的他就是自己梦里的白马王子。他宛如辽阔的大海，敞开胸怀热情地拥抱她这样的涓涓细流。百川归海，这是不可抗拒的自然规律；情的种子一旦播撒在爱的土壤里，就在雨露的滋润下破土发芽，这是必然的结局。参悟了人生，女诗人终于脱离了昔日的苦海。她洒脱地将往昔悲苦的生活抛之脑后，像一位端坐云端的女神俯瞰着大地，尽情分享着小溪奔向大海的快乐、享受着自己被甜蜜的爱情之海浸润的幸福。在接近40岁的高龄时被爱情之箭射中，“在迟暮里拾起年轻的爱情”（And catch the early love up in the late, No. 33），女诗人还能敏锐地以慧眼识真爱，让人可敬可佩！

爱情的美好既在于它的纯真，也在于它的纯洁。盛开在他们生命中的天堂玫瑰洁白无瑕：

> … Life to life——
> I lean upon thee, Dear, without alarm,
> And feel as safe as guarded by a charm
> Against the stab of worldlings, who if rife
> Are weak to injure. Very whitely still
> The lilies of our lives may reassure
> Their blossoms from their roots, accessible
> Alone to heavenly dews that drop not fewer;
> Growing straight, out of man's reach, on the hill.（No.24）

女诗人以白描的手法展开了一幅他们相依相偎、亲密无间的生活画卷。在爱情的世界里，他们这对神仙眷侣身体紧紧地依偎着、心紧紧地依恋着——“生命依恋着生命”（Life to life）。这世界如此安宁和安定，两颗心跃动得如此和谐。仿佛上天在护佑着他们，为他们的二人世界编织了一张硕大的安全网，挡住了来自尘世的剑戟伤害。这恬淡清新、宛如世外桃源的画面让人钦羡不已。女诗人进一步以一个隐喻将这种静谧高雅的爱情生活升华，她独具匠心地把他们俩的生命比作雅致高贵的百合花。在他们向对方捧出一颗心时，爱情便主宰了他们的生命。生命花朵洁白的色泽象征了他们爱情的纯洁无瑕，生命花朵亭亭玉立的姿态象征了他们爱情的坚韧崇高。他们从尘世的樊笼中突围出来，把生命之花扎根在世人高不可攀的山巅，靠着上天甘露的滋养，他们的爱情素雅而高洁，精神境界让人景仰。“出淤泥而不染，一朵洁白的素莲——这也是整个抒情诗集给人的印象”（方平，1982：146）。

把整部抒情诗集推向高潮的是第四十三首诗：

How do I love thee ? Let me count the ways.
I love thee to the depth and breadth and height
My soul can reach, when feeling out of sight
For the ends of Being and ideal Grace,
I love thee to the level of everyday's
Most quiet need, by sun and candlelight.
I love thee freely, as men strive for Right;
I love thee purely, as they turn from Praise.
I love thee with the passion put to use
In my old griefs, and with my childhood's faith.
I love thee with a love I seemed to lose
With my lost saints, ——I love thee with the breath,
Smiles, tears, of all my life ! ——and, if God choose,
I shall but love thee better after death.

“我是如何地爱你？让我细述端详。/ 我爱你，以心灵所能及的深邃和宽广，/ 让这情感超越现实不为所见，/ 直抵神祇的殿堂。/ 我爱你，就像生活中必不能没有太阳和烛光。/ 我爱你，坦坦荡荡，就像男人们为了正义而拼搏；/ 我爱你，那样纯净，它们早已不用赞扬；/ 我爱你，以儿时的信仰，以热情满腔，/ 那热情的程度恰如我当年的哀伤。/ 我爱你，以失去的爱，/ 它似曾随逝者入葬——我爱你，/ 以我的呼吸、微笑和脸上的泪行，/ 以我的全部来爱你——还有，倘若上帝准许，/ 我会在来世更加爱你”（深幻，王立译，2004：87）。在这首十四行诗中，女诗人展示了自己对爱人的刻骨铭心的爱情和爱情惊心动魄的力量。诗人用了八个排比句“I love thee…”以排山倒海之势将自己心中的情感之流汩汩滔滔地奔泻而出，一泻千里地列举了八种“我爱你”的方式。每种方式诗人都以饱蘸真情的笔触，将自己炙热的情感酣畅淋漓地抒发出来。首先，女诗人以心灵所能及的深度、宽度和高度来反衬她爱情的三个维度。它们深邃、宽广、高远，直达神的殿堂，为世间所罕见，充满浪漫的色彩，也带着浓厚的宗教色彩。紧接着，诗人又撷取了“光”的意象，以白日的阳光和黑夜的烛光来比喻自己对爱人的情感。这两种光带来暖意和光明，是幸福人生必不可少的元素。这给她的爱情又增加了一个度——亮度。接着，诗人以两个副词 freely 和 purely 来描述爱情的纯度：坦荡而纯净。这宛如爱情飞翔的一对翅膀，只有自由，爱情才能振翅起飞；只有带着轻盈的行囊，爱情才能飞得高、飞得远……对爱情热度的描述，诗人给读者呈现了两组对比鲜明的意象：热情和哀伤、死亡和新生。数十年来女诗人的哀伤有多深，她对诗人的爱恋就有多深，是爱人把她从濒临死亡的苦海中拯救出来，给她几乎死亡的心灵加冕了爱的桂冠，使她对爱人的爱喷发出火样的热情。在快将爱情推向顶峰时，诗人笔锋一转，将她对爱人的爱从绚烂的山顶推回到平静的山谷。她深情地喃喃道：要以自己的呼吸、微笑和泪水来爱慕对方。这三个生活中司空见惯的普通意象的推出使我们更加真切地感受到了诗人那颗淳朴的心，她内心渴望的是一种尘世的平实的生活。这种朴素的爱情观在整部诗集中她表达了好多次。她曾对爱人说："爱人啊，让我们在人间厮守——屏退尘世的气息，留下纯净的心灵"（No.22: Let us stay/Rather on earth, Beloved——where the unfit /Contrarious moods of men recoil away /And isolate pure spirits…）、"我要与你在大地上厮守到永远"（No.23: …for earth with thee）；她渴望"家常闲聊，感恩祝福和平实的吻"（No.35: home-talk and blessing and the common kiss）。诗人认为平平淡淡才是真，她向往与爱人在人间相濡以沫，过寻常的生活。睿智的女诗人是幸运的，她慧眼识真金，没有看错自己的爱人。婚后，她和丈夫离开英国，逃离暴戾的父亲来到意大利。在那里，她病体逐渐康复，与丈夫开始了天堂般的婚姻生活，并在43岁高龄时奇迹般地生下儿子"贝尼尼"——一朵"仙人的玫瑰"（方平，1982：23）。他们夫妇度过了15年幸福的生活，最后，女诗人是在与丈夫讨论消夏计划时感到疲倦、依偎在丈夫的胸前永远睡去的（方平，1982：30）……她带有传奇色彩的爱情生活让人羡慕不已。他们的爱情感天动地，正如她在这首诗的最后一句所言："我会在来世更加爱你！"她爱对方要一直爱到天荒地老、从今生爱到来世……她对爱情的坚贞不渝更显出了他们爱情的伟大、神圣和纯洁。

在一声声悦耳动听的"我爱你……"中，她从爱情的各个方位：深度、宽度、高度、亮度、纯度和热度向爱人捧出了自己高贵的灵魂。在诗集的最后一首十四行诗中，诗人向爱人捧出了自己心灵的花园，里面有杂草、常春藤、也有玫瑰。杂草象征着悔恨，等待爱人来根除；常春藤象征着绵绵不尽的思念；玫瑰则象征着美好的爱情。这个心灵花园是他们爱的天堂的缩影，她"让不败的玫瑰在天堂里绽放，凝结香露再次润洒人间"（深幻，王立译，2004：2）。

3. 结语

尘世花开，花开花落；天堂花开，花开不落。天堂玫瑰是勃朗宁夫人在《葡萄牙人十四行诗集》中呈现给爱人的永不凋零的爱情之花，也是呈现给芸芸众生的永远鲜活的爱情楷模之花。他们伟大而传奇的爱情真挚纯洁，感受他们高雅的爱情就是在感受他们千古不朽的灵魂力量。这种力量是如此的巨大，它战胜了死亡，带来了新生——带来了女诗人身体的康复和青春活力的焕发，带来了世人对坚贞爱情的膜拜和景仰。在诗集中，爱神赶走死神、爱情战胜死亡已不是神话的神话。这个神话谱写了爱情从炼狱玫瑰到天堂玫瑰质变的精彩篇章。带着温暖炽热的光、带着洁白纯净的色彩，天堂玫瑰绽放在勃朗宁夫妇这对甜蜜的伉俪心间，也绽放在世间每一对亲密爱人的心间……

古诗中“荷”与英诗中“玫瑰”的爱情意象欣赏

丰富多彩的花木是大自然馈赠人类最美的礼物。古今中外，人们种花赏花，文人雅士寄情于花，花木承载了人类赋予的形形色色的情感。由于各国历史渊源不同，各种花木在不同的文化背景下具有不同的象征意义和内涵，体现出不同的人文精神和表达出不同的思想情感，并且形成了不同的国俗语义。“国俗语义是语义民族性的一种表现，它反映使用该语言的国家的历史文化和民情风俗，具有民族文化特色。”（王德春，1998：1）在表达爱情这一人类最美好、最珍贵的情感时，中英诗歌在选取意象时就体现了强烈的民族文化特色。意象的基本含义是情景交融，其特点是象征性。英语诗歌常以“玫瑰”为意象来象征韧如蒲草、坚如磐石的爱情。而纵观汉语古诗，以“玫瑰”为意象来表达爱情的诗歌寥寥无几，诗人们青睐以红豆象征相思、以梧桐象征至死不渝的爱情、以杨柳象征依恋、以并蒂莲象征夫妻恩爱……在中文古诗中以“荷”来象征爱情的诗歌更是比比皆是。

1. 中文古诗中“荷”的爱情意象

荷是多年生草本植物，又名莲、芙蕖、菡萏、水芙蓉等。其花“荷花”在中国被誉为十大传统名花之一，在百花中它是唯一集花、果

（莲房）、种子（莲子）、根（藕）等可食用物于一身的花。由于它的藕横生于淤泥中，却色白如玉；荷花生长于淤泥中，出水后却婀娜多姿、亭亭玉立，故人们常用"荷"来象征"出淤泥而不染"的高贵品质。此外，由于荷花的色彩、莲藕的丝、莲子的莲心以及两朵并开的"并蒂莲"等能满足人们对爱情的心理需求，因此"荷"也承载了爱情的象征意义。

在中文古诗中，荷花被感情化，被赋予人格化的内涵。诗人常以荷花的鲜艳比喻爱的丹心，如南朝梁萧衍的《子夜四时歌·夏歌》"江南莲花开，红花覆碧水。色同心复同，藕异心无异"（程郁缀，1990：497）。晋西曲歌《西洲曲》"置莲怀袖中，莲心彻底红"（程郁缀，1990：10）。姑娘把一株荷花放在衣袖里，花心和爱心一样鲜红。"莲心"比喻"怜爱之心"，"彻底红"隐含"相爱之深"。另外，诗人还以莲花的洁白来传递内心的情愫，如唐孟郊的《古意》"手持未染彩，绣为白芙蓉。芙蓉无污染，将以表心素"（程郁缀，1990：235）。诗人以荷花的红和莲花的白传达了炽热的爱的情感，色彩之美深深镌刻在读者的脑海，挥之不去……由于荷花长在水上，它和水亲密无间的关系也就成了男女间表达浓情蜜意的绝妙题材，如宋欧阳修《渔家傲》中"愿妾身为红菡萏。年年生在秋江上。重愿郎为花底浪。无隔障。随风逐雨长来往。"（程郁缀，1990：508）此外，诗人还常以荷花来描摹女性及其面容。由于开在夏天的荷花到了飒飒西风的秋天就满目凋零，故在描写愁苦之情的爱情诗中也常以荷花为意象，以形成鲜明的对比，产生强大的视觉冲击力。元代无名氏的《春怨》"粉脂残淡了芙蓉面"就传神地描写了一位"为伊消得人憔悴"的婚恋失意的女子形象：胭脂脱落，像鲜荷一样的脸蛋暗淡无光。五代后蜀李洵的《临将仙》"强整娇姿临宝镜，小池一朵芙蓉"（程郁缀，1990：458），诗人描写了失去爱的佳人在镜中强颜欢笑，宛若一朵粉嫩白皙的水芙蓉，让人怜惜叹惋。李珣的《浣溪沙》（其四）"红藕花香到槛频，可堪闲忆似花人，旧欢如梦绝音尘”（程郁缀，1990：458），花似人、人似花，栏杆旁荷花的红艳和清香偏偏钩起了诗人的思绪，昔日的爱似梦非梦、飘落远逝、杳无音信，令人叹息惆怅。唐温庭筠的《玉蝴蝶》“芙蓉凋嫩脸，杨柳堕新眉。摇落使人悲，断肠谁得知”（程郁缀，1990：244），诗人借助两个意象：美如芙蓉的容颜的凋谢和细如杨柳的眉毛的凋落，生动地刻画出女性为爱所苦的悲怆和柔肠寸断的相思。

宋代杰出女词人李清照（1084-1156）在《一剪梅》中则将这种相思之情推向了极致：

> 红藕香残玉簟秋。轻解罗裳，独上兰舟。云中谁寄锦书来？雁字回时，月满西楼。
>
> 花自飘零水自流。一种相思，两处闲愁。此情无计可消除，才下眉头，却上心头。（杨鸿儒，2001：349）

词人借助粉红色的荷花凋零的意象，以上片的“红藕香残”和下片的“花自飘零”相互呼应，移情入景，用秋景中荷花的满目凋敝、在水中的兀自漂流描摹出自己内心对离家远行的新婚丈夫赵明诚的刻骨思念之情。荷花的“残”与相思的“愁”相互契合得很完美，使这首词成为描写相思别愁的名篇佳作。

在文人的笔下，藕中的“藕丝”因其藕断丝连常被用来比拟缠缠绵绵的情思，而莲子中的“莲心”因其苦涩则被用来形容凄凄苦苦的相思之心。如清冯兰因的《酷相思》：

> 为问侬愁愁有几？
> 道江水深犹未。
> 就剪断莲丝剖绿薏，
> 心上也难抛弃，

眉上也难回避。（程郁缀，1990：282）

词人以藕丝的剪不断、理还乱来形容柔肠寸断的长相思；以剖开莲子取出绿色的嫩心（绿薏）也解不开心结，来形容心中刻骨铭心、比江水还深的愁苦之情。词人以"丝"谐音"思"，以"莲"谐音"怜"，表达了深沉缠绵的相思之情和哀怨悱恻的苦恋之痛。而元代元好问（1190-1257）的《迈陂塘》词的上片则以责问的形式，将这种苦恋情思铺陈开来，让人在心疼中叹息：

问莲根，有丝多少？
莲心知为谁苦？
双花脉脉娇相问，
只是旧家儿女。
天已许！
甚不教白头，生死鸳鸯浦？
夕阳无语。（杨鸿儒，2001：402）

词人写道："我大声向莲根发问：你有多少情丝缠绵在心？你爱恋的莲子啊，又为谁苦透莲心？脉脉含情的双花，在娇滴滴地相互询问，这并蒂的莲花啊，是民家少男少女的化身！他们的恋情难舍难分，老天爷都已批准！咋不让他们像鸳鸯一样白头偕老？同生共死在这水滨。夕阳残照，在默默无语中西沉。"（杨鸿儒译，2001：403）词人以泰和年间大名府一对相爱未果、投水自尽的情侣的真实故事为蓝本写成该词。他们难舍难分的恋情为世人所不容，那缕缕情思宛如藕丝缠绕着他们苦恋的心，他们为爱殉情，双双投荷塘自杀。他们死后，那年荷塘盛开的荷花全是并蒂莲。连老天爷都允许他们成双成对地化为并蒂莲，为何在人世间他们不能光明正大地相爱、和和乐乐地白头偕老呢？词人发出无限的感慨和无穷的疑问。这凄美的爱情悲剧让人扼腕叹息、掩卷沉思……

此外，诗人还常以“并头（蒂）莲”“同心莲”“并根藕”等意象来象征夫妻恩爱，象征和谐美满的婚姻生活和忠贞不渝的情侣。由于“莲”与“怜”谐音，意为爱恋、依恋，“藕”与“偶”谐音，意为配偶、伴侣，故在古诗中常以“并根藕”和“并头莲”来比拟恩爱夫妻。晋代清商曲辞中的《青阳度》：

青荷盖绿水，
芙蓉披红鲜。
下有并根藕，
上生并头莲。（程郁缀，1990：496）

诗人以花传情，以白描的手法描绘了粉嫩鲜红的芙蓉（荷花），青绿如盖的荷叶，它们多么惹人爱怜！水下并根而生的莲藕和水上合茎而开的荷花成双配对、和和睦睦，多像那相敬如宾、相亲相爱的神仙夫妻啊！“并头莲”或“并蒂莲”形似一枝荷梗上并头生的两朵莲花，故名“并头”或“并蒂”，人们常用其比喻恩爱和谐的夫妻。故在中英诗歌翻译中，“并蒂莲”不仅仅指“twin lotus flowers on one stalk”，其丰富的内涵是“a devoted married couple”。唐王勃的《采莲曲》“牵花怜并蒂，折藕爱连丝”。诗人以并蒂莲比喻恩爱夫妻的相爱相恋、双双相伴。清焦循的《踏歌行》“但愿长如缫上绣，并头莲”（程郁缀，1990：513），表达了诗人渴望形影不离的伴侣和天长地久的爱情的强烈愿望。唐徐彦伯的《采莲曲》“既觅同心侣，复采同心莲”（程郁缀，1990：503），诗人把“心心相知的伴侣”和“双双成对的同心莲”两个意象叠加起来，勾勒了一幅让人羡慕神往的爱情生活图卷。明朝冯小青的《绝句》“愿为一滴杨枝水，洒作人间并蒂莲”（程郁缀，1990：

32），诗人以博大的胸襟把卿卿我我的两人之爱扩大为轰轰烈烈的广博之爱：诗人愿做手持装满甘露净瓶的观音菩萨，以杨枝沾洒甘露将吉祥赐予人间、将爱洒满人间，让人间盛开出一朵朵并蒂莲花，让天下的有情人终成眷属、相亲相爱、白头偕老……

江南水乡是一幅优美的风景画，如诗如画的荷塘见证了采莲女的爱情生活，她们的初恋和热恋在诗人笔下都被描写得栩栩如生、不同凡响。诗人往往以江南水乡美丽、广袤的荷塘为背景，借助“荷花”“莲子”“荷叶”等意象，生动地描摹出一个个情窦初开、青春萌动的采莲少女的形象，如唐五代皇甫松的《采莲子》：

船动湖光滟滟秋，
贪看年少信船流。
无端隔水抛莲子，
遥被人知半日羞。（杨鸿儒，2001：118）

这首诗描写了一位娇羞的采莲少女的初恋情怀。在湖光潋滟的荷塘里泛舟采莲，少女忽然看到自己钟情的少年郎，她羞怯地偷看情郎，痴迷得竟忘了划船。船儿在水中飘荡，她情不自禁地向情郎抛出一把莲子。诗人借物传情，以“莲子”（莲开花后结的籽实）表示“怜子”“恋子”（爱你）之意，一个忘情的动作“抛”让一个大胆追求爱情而又机灵绝顶的少女形象跃然纸上，让整首诗静中有动、景中有情。一个“羞”传神地刻画出初恋少女矛盾的情思，她满面通红的面容恰似娇艳的荷花让人又爱又怜。诗中题目《采莲子》既实又虚：采莲女在采摘莲子的劳动中也在采摘爱情的果实……唐代诗人白居易则在诗歌《采莲曲》中刻画了一位热恋中的少女形象：

菱叶萦波荷飐风，

荷花深处小船通。
逢郎欲语低头笑，
碧玉搔头落水中。（程郁缀，1990：70）

娇羞可人的采莲女子与在风中摇曳的荷花和水中荡漾的荷叶构成了一幅充满诗情画意的图卷。少女在荷塘中划船遇见情人时“欲语低头笑”，她那欲言又止的惊喜神态、含情低头的羞怯表情、清脆如银铃般的笑声……把热恋中的少男少女喜相逢时的表情、动作和心理传达得惟妙惟肖、动人心弦。而玉搔落水，却道无意似有意，让读者驰骋想象、回味无穷。

2. 英语诗歌中“玫瑰”的爱情意象

与中文古诗不同，在英语爱情诗中，诗人常以玫瑰的意象来象征爱情。玫瑰意象的恰当、鲜明的运用使读者对爱情真正的意义和价值不仅能产生感性的认识，而且在理性认识和审美感情上也会得到满足和升华。阿尔杰农·查尔斯·斯温伯恩（Algernon Charles Swinburne，1837-1909）《配偶》（*A Match*）一诗的第一节就是一个恰当的例子：

If love were what the rose is,
And I were like the leaf,
Our lives would grow together,
In sad or singing weather,
Blown fields of flowerful closes,
Green pleasure or grey grief;
If love were what the rose is,
And I were like the leaf.

诗人直抒胸臆：“如果爱情好似香艳的玫瑰，/ 而我好似它的叶片儿青翠，/ 我们的生命将在一起生长，/ 无论天气阴惨，或者晴朗，/ 处在开花的原野，或者花径，/ 感受绿色的欢乐，或者灰色的苦闷；/ 如果爱情好似香艳的玫瑰，/ 而我好似它的叶片儿青翠。”（吴钧陶译）（袁德成，2000：113-114）诗人以玫瑰和叶片的意象，用颜色 green 和 grey 来象征欢乐和痛苦，与红红的玫瑰形成鲜明的对照，表达了一种与配偶相濡以沫、坚贞不渝的爱情观：彼此相依相偎、同甘共苦，携手走过生命中明媚的春天和严酷的寒冬，这无怨无悔的爱情让人赞叹感动。本诗的韵式是 abccabab，工整的韵脚使诗歌朗朗上口；赋有音乐性的节奏和前后呼应的反复手法强化了主题，营造出一种朴实而又浪漫的气息，使人油然而生一种“我最浪漫的事就是和爱人一起慢慢变老”的美妙感觉，让人浮想联翩，感慨万千。

摇曳生辉的单枝玫瑰是诗人歌咏爱情的灵感之源，而火红妩媚的玫瑰园更使诗人如痴如醉，情感如朝阳喷薄而出，如江水一泻千里。散发出芬芳之爱的玫瑰园是令人神往的爱的伊甸园，在玫瑰园中，爱的潮水使诗人灵魂之坝决堤。1948 年曾获诺贝尔文学奖的现代名诗人托麦斯·斯特恩斯·艾略特（T.S. Eliot，1888-1965）在《给我妻子的献辞》（*A Dedication to my Wife*）中情真意切地描写了他与妻子令人钦羡的伊甸园：“To whom I owe the leaping delight/ That quickens my senses in our wakingtime/ And the rhythm that governs the repose of our sleepingtime,/ The breathing in unison// Of lovers whose bodies smell of each other / Who think the same thoughts without need of speech/ And babble the same speech without need of meaning.// No peevish winter wind shall chill/ No sullen tropic sun shall wither/ The roses in the rose-garden which is ours and ours only// But this dedication is for others to read:/ These are private words addressed to you in public.” 艾略特在诗中

写道：“是你给了我那种跃动的欢乐，/ 它激发我们醒时的感觉；/ 是你给了我那种支配我们睡时憩息的节奏；/ 一对相亲相爱的人。// 呼吸和谐，躯体散发着对方气息，/ 彼此无须言词却想着同一个心思，/ 无须表达什么却絮叨着同样话语。// 既没有任何冬天的阴风能吹凉 / 也没有任何热带的酷日能晒枯 / 我们玫瑰园中的玫瑰 这园子只属于你我 // 但这献辞为的是给别人阅读—— / 是些公开对你道出的悄悄话。”（黄杲炘译，1993：209）艾略特把他和妻子间美妙的爱情生活比作玫瑰园，在玫瑰园中玫瑰的红艳宛如爱情的火焰，跃动着欢乐，萦绕着他们的玫瑰芳香是他们彼此躯体散发出的对方气息。在这座玫瑰园中他们彼此和谐地呼吸、激情无声地融为一体；在这座玫瑰园中他们安详地休憩、睡眠，怀着爱意睡去；在这座玫瑰园中他们彼此相知相通、心灵有节奏地合拍跳动、心与心没有界限，精神默契至极。这园子只为他们相爱的夫妻所独享，是他们真挚坚贞爱情的象征。园中所盛开的爱的玫瑰经得起任何寒风苦雨、烈日酷暑的考验，永远不会凋零，这爱的玫瑰园多么令人陶醉和向往啊！这是一首爱的赞歌，诗人巧妙地以玫瑰和玫瑰园的意象深华了爱情和情爱，使整首诗沉浸在一种美的意境中。由此可见，“高尚优美的爱情诗，能高度丰富着人们的情感和审美内容，这也是爱情诗的社会功能和受到欢迎的原因。”（宁宇，1987：4）

除了玫瑰园，诗人还喜欢以“玫瑰床”的意象来象征安乐窝、影射情爱。克利斯托弗 · 马娄（Christopher Marlowe,1564-1593）在《多情牧人的情歌》（*The Passionate Shepherd to His Love*）里以牧羊少年的口吻深情地呼唤情侣与之同往，共同体验绿色田野、青山幽谷的田园生活，他多情地承诺道：“And I will make thee beds of roses/ And a thousand fragrant posies，/A cap of flowers, and a kirtle/ Embroidered all with leaves of myrtle…”牧羊少年召唤情人与他一起共同分享田园生活的乐趣：“我要用一千把芬芳花束 / 和玫瑰为你做一张床铺，/ 做一顶花冠和一条裙裤；/ 用桃金娘的翠叶刺绣”（周永启，2003：46-47）。用玫瑰花做床铺既钩起情人一种浪漫的情怀，同时又撩拨起一种性爱的情愫，让人憧憬和迷恋。但这毕竟是诗人向往田园生活的抒情幻想牧歌（pastoral），是对现实生活的美化和夸大。难怪华尔特·罗利（Sir Walter Raleigh, 1552?-1618）以《仙女回答牧人》（*The Nymph's Reply to the Shepherd*）做答：“Thy gowns, thy shoes, thy beds of roses,/ Thy cap, thy kirtle, and thy posies/ Soon break, soon wither, soon forgotten,/ In folly ripe, in reason rotten.” 诗人借仙女之口说：“你的袍服、你的鞋、你的玫瑰床铺，/ 你的帽子、你的裙裤和你的花束，/ 很快就残破、凋谢、被忘却，/ 它们在痴想中成熟，在理智中破灭。”（周永启，2003：50-52）仙女不被牧羊少年的甜言蜜语所动，更不为散发出醉人芳香的玫瑰花床所迷惑，她一针见血地指出：花儿总要枯萎残破，这份脱离现实的情、这份虚幻的爱岂能长久？这世外桃源般的生活，宛如海市蜃楼，稍纵即逝……浅显的爱情诗让人沉思：理智的火苗不能被炽热的爱情风暴吹灭，热恋时要怀揣一颗理智之心！

此外，在英诗中，“玫瑰床”（a bed of roses）和“玫瑰花坛”（rose bed）还具有开放性的象征意义。威廉·布莱克（William Blake，1757-1827）的诗作《病中玫瑰》（*The Sick Rose*）就是一首典型的以象征手法写的诗：

O Rose, thou art sick.
The invisible worm
That flies in the night
In the howling storm

Has found out thy bed
Of crimson joy,

And his dark secret love
Does thy life destroy.

布莱克含蓄地写道："噢，玫瑰，你病了！ / 飘荡在夜空里 / 在咆哮的风暴中 / 无形的蛀虫 // 找到你的花坛 / 充满了绯红的欢快： / 他那见不得人的爱 / 让你的生命毁于一旦"（肖鹏，2003：161-162）。王诺（1999）认为：这首诗的意象含义丰富，有多方位的理解，其中一个理解是从"情欲"这个角度去探讨。仔细分析这首短诗，我们发现，诗人成功地运用了一些形容词，如 sick、invisible、crimson、dark、secret，生动传神地传达出其丰富的内涵：病蔫蔫的玫瑰让人痛惜怜悯，深红色的欢乐之床红得让人嗅到血腥味，无形的肉虫隐蔽得如来无影去无踪的蒙面杀手……布莱克留给读者广大的想象空间去仔细揣摩病玫瑰的象征含义：在一个黑漆漆的暴雨夜，象征肉欲的黑色小精灵"肉虫"（worm）鬼鬼祟祟地潜入了玫瑰的身体，在"玫瑰花床（坛）"这一温柔之乡里肉虫和玫瑰激情摇荡、云雨交欢，这激情红得似火、这情爱隐秘得如黑沉沉的夜，但片刻的纵欲享乐却使玫瑰一片狼藉、红颜尽失……这病恹恹的、活力殆尽的玫瑰意象在告诫人们：不要沦为欲望的奴隶而使自己丧失生命力，不要贪图一时之快而毁掉自己的锦绣前程，不要追逐蝇头小利而使自己身败名裂……诗的寓意深刻，其开放的象征性发人深思，其寓意催人反省，给人警示……

蒂姆·乌尔里希斯则将玫瑰与甜蜜的爱情和神秘的性爱以具体诗的形式表达得淋漓尽致：

roseroseros　　erose
roseroseroseroserose
roseroseroseroserose
roseroseroseroserose

roseroseroseroserose
roseroseroseroserose
roseroseroseroserose
roseroseroseroserose
roseroseroseroserose
roseroseroseroserose
roseroseroseroserose
eros

这是一首具体诗（concrete poetry），古时称为图形诗。“它是在纸上形成某种形状的实验性诗歌”（黄源深、周立人，2003：72）。诗人在诗中以图形表达或暗示其要表达的物体的形状。总的说来，“具体诗是用文学的手段把读者的注意力集中到语言本身，把语言作为一种物质来对待”（王滨滨，1990：74）。诗人所关心的是语言的自我世界。具体诗所表达的意思往往隐而不露，读者须仔细体会、揣摩诗意。这首十二行诗中 rose（玫瑰）一词反复出现了54次之多；嵌在 rose 中的 eros（性爱）一词完整出现了44次。玫瑰象征甜蜜的爱情，当爱情升温，上升到浓情蜜意的阶段，性爱便不期而至。没有性爱的爱情（如第一行中的第三个 rose 就有一段空白）是不完整的爱情，当最后一行的 eros 填补到第一行中时，爱情便没有空白和遗憾。所以，当 rose 和 eros 两者和谐完美地结合起来，你中有我，我中有你时（第二至第十一行），爱人间便是一个密不可分的整体，恰如一道铜墙铁壁，经得住任何风风雨雨。在这道铜墙铁壁中，rose 和 eros 宛如一个个铁环，环环相扣，无限循环，不离不弃，扶持着相爱的恋人相依相伴，从青年走向壮年，步入老年，享受着婚姻生活的甜蜜。当恋人到了生命的黄昏——一方骤失爱侣时（第十二行），虽然生活出现了短暂的空白，但 Eros（爱神——希腊神话中的爱神厄洛斯）已在祝福爱情并高奏爱情的凯歌。在希腊文中 Eros 原意为爱，同时在希腊神话中 Eros 又是美神和爱神 Aphrodite 的小儿子。最后一行也暗示这段甜美的爱情结晶 Eros 将生生不息，繁衍新的爱情……

3. 结语

由于民族文化和语言文字的不同，东西方诗人具有不同的在花木方面的审美习惯和审美情趣，导致审美意象在作品中的塑造也有所不同。

我国古代的文人雅士深受道家思想的影响和儒家思想的熏陶，把花木视为有生命的个体，对花木的欣赏更注重姿态美和风韵美。古代文人骚客将出淤泥而不染、洁身自好的荷花奉为“花中君子”，将洁净不染的莲花称为“净友”“净客”，对其高尚的品格倍加推崇。再者，佛教传入我国时，莲花已是佛教圣洁的象征。这种道家、儒家和佛家的观念，“三位一体，就构成了古人花木观的基础”（周武忠，陈筱燕，1999：7）。无独有偶，“荷”自然美中的一些要素与爱情的一些要素不谋而合：粉扑扑的荷花恰似恋爱中女子的粉面红腮、含苞欲放的尖尖小荷宛如恋人的一颗颗丹心、洁白如玉的藕象征了爱情的纯洁无瑕、莲子中苦涩的莲心恰如恋爱中的相思之苦……再由于具有莲房、莲子和藕的“荷”的主要部分在中文几乎都可以找到谐音词而产生联想、具有双关的语义：“荷”谐“和”（和睦美满）、“藕”谐“偶”（成双成对）、“莲”谐“怜”（怜惜爱慕）、“丝”谐“思”（绵绵相思）、“莲子”谐“怜子”（爱你无限）、“莲心”谐“怜心”（相恋之心）等，所以“荷”在古诗中就形成了特定的国俗语义。“还有一些国俗语义是由于词的多义性而产生联想，或者由于词的谐音而产生联想。这时，由于各语言没有一一对应的音义结合的词语体系，不可能出现相同的联想”（王德春，1998：7）。因此，由于音义体系的不同，在英语诗歌中对“荷”的意象不可能产生相同的联想。

西方人喜欢玫瑰，一方面源于基督教，人们认为红玫瑰代表基督在十字架上流的血，神圣不可侵犯，故玫瑰代表了上帝给予人类的爱；同时在圣坛的赞美诗中，玫瑰象征圣母玛利亚，代表贞洁。西方人喜欢玫瑰，另一方面源于希腊神话，当美神和爱神 Aphrodite 从海里诞生时，广袤的大地同时也绽放出美丽多姿的玫瑰花，故在人们心目中玫瑰与爱和美密不可分。此外，由于英语中 rose（玫瑰）与 eros（性爱）、Eros（爱神厄洛斯）只在字母顺序上有些许不同，因此西方诗人在歌咏甜蜜爱情的同时也在歌咏神秘的性爱。有趣的是，在表达“出淤泥而不染，保持清白”之意时，西方人也以玫瑰来比拟：“come out smelling of roses”，足见西方人对玫瑰的厚爱。可喜的是，在世界范围里，现在玫瑰已成为爱的代表、爱的使者、爱的通用语言……

尽管在爱情诗中，中英诗歌意象的选取各不相同，但英诗中“玫瑰”的意象和中文古诗中“荷”的意象均展示了花与情、花与心这种情景交融的完美契合，展示了不同文化背景下所产生的国俗语义在诗歌中的独特魅力，欣赏这些具有美的意象的诗歌无疑有助于陶冶人的情操、愉悦人的心情和净化人的心灵。

英语诗歌中“玫瑰”意象赏析

在西方，玫瑰享有崇高的声望。美国、英国、西班牙、卢森堡、保加利亚等国都以玫瑰为国花。玫瑰承载着丰富的精神内涵。从植物属性来看，由于一枝玫瑰一年只开一朵花，蕴涵了一心一意、忠贞不贰的爱情内涵。加之玫瑰的芳香香味持久，既暗示了情感的坚贞不渝，又能使人长久地沐浴在让人心旷神怡的氛围中。此外，玫瑰的茎上长有尖锐的刺儿，昭示了情感和生活之路的艰辛和坎坷。除宛如丹心的红玫瑰外，黄玫瑰、白玫瑰、粉玫瑰、杂色玫瑰等也让人浮想联翩。故诗人们常以优美的诗句赞颂玫瑰，托物言志……

1. 玫瑰色彩的意象

在玫瑰的审美要素中，色彩给人的美感最强烈、最直接。玫瑰红彤彤的颜色宛如鲜血，为玫瑰的起源笼罩了一层扑朔迷离的色彩：当耶稣基督在十字架上受难时，他鲜红的血流到地面，一簇簇殷红的花儿便带着博爱破土而生，这是基督教中关于玫瑰起源的传说。因此，鲜红的玫瑰宛如丹心成了爱的象征，玫瑰象征着爱情和博爱。

苏格兰著名诗人罗伯特·彭斯（Robert Burns,1759-1796）将这种由玫瑰象征的爱，在他的名诗《红红的玫瑰》中演绎得很生动传神，使这首诗成为誉满全球的爱情名诗。诗篇开头两句是：

O, my Luve's like a red, red rose,
That's newly sprung in June;

“啊，我爱人像红红的玫瑰，它在六月里初开”（袁可嘉译，1996：232-233）；彭斯以明喻的手法赞美自己心爱的姑娘像在六月里初开的红红的玫瑰。诗人运用叠音的手法，将两个“red”叠加在一起，弨化了诗歌的音韵美，使之呈现出苏格兰民歌朗朗上口的韵味，富于音乐性。更重要的是，“red, red rose”宛如恋爱中的少女脸颊上的两朵红云，“红红的玫瑰”让人看到了爱人红扑扑的脸庞，使一个鲜活清新的少女形象跃然纸上。由于红色充满活力，使人兴奋，让人激动，彭斯抓住玫瑰的鲜红色彩，自然而然让人感受到了恋人火红的心、火热的情。

“红红的玫瑰”的意象在彭斯的另一首诗中也起到异曲同工之妙：“啊，愿爱人像红红的玫瑰 / 开在城堡的墙头，/ 我自己啊是一滴露水 / 落进她美丽的胸口！”诗人用“红红的玫瑰”比喻自己的心上人，将她刻画得栩栩如生。晶莹的露珠在玫瑰鲜艳的花瓣间撩人地滚动，诗人将恋人之间亲密无间的关系传递得妙趣横生……

科尔律治（Samuel Taylor Coleridge，1772-1834）则在《老水手谣》（*The Rhyme of the Ancient Mariner*）中以鲜红的玫瑰来描绘娇羞的新娘：

The bride has paced into the hall,
Red as a rose is she;
Nodding their heads before her goes
The merry minstrelsy,（何功杰，2003：179）

“新娘漫步走进厅堂，红红的脸像玫瑰一样；她走过时人们频频点头，欢乐的歌声嘹亮”（何功杰译，2003：186）。诗人描写新娘红扑扑的脸颊宛如鲜艳的玫瑰，写出了新娘的娇羞和婚礼的喜庆。诗人以

“红色”这一浓烈的色彩极尽渲染，与后文老水手所讲述的变幻莫测的海中所发生的惊心动魄的怪异之事形成鲜明的对照。

此外，玫瑰颜色丰富，不同的颜色有着不同的寓意。不同颜色的玫瑰诉说着不同的玫瑰花语：红玫瑰代表激情、热烈的爱，白玫瑰象征尊敬、纯洁与天真，黄玫瑰则代表渐淡的爱和嫉妒失恋，等等。奥莱里（John Boyle O’Reilly，1844-1890）在《白玫瑰》（*A White Rose*）中就清晰地用玫瑰的色彩表达了玫瑰所蕴涵的花语：

The red rose whispers of passion,
And the white rose breathes of love;
Oh, the red rose is a falcon,
And the white rose is a dove.

But I send you a cream-white rosebud,
With a flush on its petal tips;
For the love that is purest and sweetest
Has a kiss of desire on the lips.
红玫瑰示意情欲，
白玫瑰倾诉爱情，
啊，白玫瑰似鸽子温顺，
红玫瑰却像只雄鹰。

但我只送你乳白色玫瑰花蕾，
花蕾的边缘略带着红晕，
因为最纯洁温柔的爱情，
唇角上也挂着情欲的热吻。（殷宝书译，1985：66）

奥莱里在诗的开篇采用拟人手法用“whispers”和“breathes”两个动词生动地指出红玫瑰象征着肉体欲念（a symbol of physical desire），而白玫瑰象征着精神依恋（a symbol of spiritual attachment）（Perrine，1982：78）。接着诗人用洁白温顺的鸽子来隐喻爱情的纯洁无瑕，用威武骁勇的雄鹰来隐喻情欲的火热汹涌。在第二节中诗人笔锋一转，对恋人喃喃低语道，自己对她的爱是纯洁真挚而又热烈奔放的。他用“带红晕的乳白色玫瑰花蕾”这一鲜活的意象，活灵活现地传达出自己的爱情观：自己追求的不是一种苍白无力、毫无生机的爱情，而是一种甜蜜、纯洁的爱情（乳白色玫瑰），这爱情中带着激情、带着性欲、带着幻想（红晕），他是因爱生情，为爱痴情。读者的眼前仿佛呈现出一枝带着晶莹的露珠、含苞欲放的玫瑰花蕾形象。这枝色彩美丽的爱情之花是灵与欲的完美结合，让人羡慕不已。

2. 玫瑰叶片的意象

在花卉的审美要素中，往往叶片是起衬托作用的，例如，“花美在绿丛中”“红花虽好，也要绿叶扶”，等等。但玫瑰花的叶片除了起陪衬作用外，由于它倾斜向上，蕴涵了傲然挺拔、忠贞不贰的内涵，诗人常常把它与象征爱情的玫瑰紧密相连，成为一个不可分割的爱情整体。

阿尔杰农·查尔斯·斯温伯恩（Algernon Charles Swinburne，1837-1909）在《配偶》（*A Match*）一诗的开篇写道：

> If love were what the rose is,
> And I were like the leaf…

“如果爱情好似香艳的玫瑰，/ 而我好似它的叶片儿青翠”（吴钧陶译）（袁德成，2000：113）。诗人直抒胸臆，以绿叶护花的传统意象，把爱情比作娇美的玫瑰，把自己比作葱翠的叶片，直观地诠释了诗歌的题目《配偶》(*A Match*)。以玫瑰与叶片相依相偎的植物属性，自然流露出佳偶天成、密不可分的朴素思想，表达了一种与配偶相濡以沫、坚贞不渝的爱情观。这样的“配偶”是令人艳羡的“佳偶”，而不是彼此相互指责的“怨偶”。

除了以玫瑰比拟爱情，诗人也把爱情比喻为玫瑰的叶片。这样的比喻比较新颖奇特，更能唤起读者的好奇心。英国诗人雪莱(Percy Bysshe Shelley，1792-1822)在《温柔的音乐消散了》(*Music, When Soft Voices Die*)一诗的第二节写道：

Rose leaves，when the rose is dead，
Are heaped for the beloved's bed——
And so thy thoughts, when thou art gone,
Love itself shall slumber on.(董素华，2003：85)
(玫瑰叶子，虽然花儿死去，
还能在爱人的床头堆积；
同样的，等你去了，你的思想
和爱情，会依然睡在世上。)(查良铮译)(陈应松，高伐林，杨匡满，2002：14)

雪莱运用类比的手法，把“玫瑰的凋零”和“爱人的别离(爱的消失)”相类比，把“玫瑰的叶片”与“你的思想和爱情”相类比，巧妙地指出：只要象征爱情的玫瑰叶片还在，玫瑰花儿就虽死犹生；只要对你心存思念，那消失的爱就会留存心底。忠贞的玫瑰叶片和绵长的思念筑起了坚固的爱巢——爱的温床。“叶片”意象的成功运用，使诗歌摆脱了哀愁和无奈的感情色调，显得语气清新、格调轻灵，使读者在淡淡的哀愁中达观地接受一种忧郁而现实的美，坚信爱情和思想的永恒……

3. 玫瑰花刺的意象

据希腊神话传说，当爱和美的女神 Aphrodite 从海中诞生后，她赤足行于布满荆棘之路。她的双脚被刺伤，伤口流出的血化为一朵朵带着美和爱的玫瑰花。

但美和爱的获得是一个艰苦的过程，人们不可能一蹴而就，轻易拥有。因此，英语谚语中有一句名言“Roses have thorns（玫瑰有刺）”讲的就是这个道理。玫瑰的茎上长有尖锐的小刺，它们经常成为诗人青睐的描摹对象。玫瑰花刺暗示了真正的爱情不能任人随便攀折和爱情来之不易的特点。同时玫瑰茎上的小刺“thorn”也有“荆棘”的含义，它蕴涵了爱情之路上的失恋和伤害，以及人生之路上的逆境和坎坷。

罗伯特·彭斯（Robert Burns,1759-1796）在《给詹姆士．史密斯的诗简》（*Epistle To James Smith*）的第16节中就把玫瑰花的刺描写为人生路上不可避免的挫折：

We wander there, we wander here,
We eye the rose upon the brier,
Unmindful that the thorn is near,
Among the leaves;
And tho' the punny wound appear,
Short while it grieves.
（这儿游游，那儿逛逛，
我们见玫瑰长在枝上，
不注意荆棘就在近旁，
就在枝叶之中，
即使受了小小的创伤，
痛苦也不过几分钟。）（袁可嘉译，1996：148-149）

诗人描写了朝气蓬勃的青年人不畏首畏尾的豪情。他们勇往直前，在追求美好的事物（玫瑰）的过程中，意外地被玫瑰花的刺戳伤。诗中的“荆棘”（thorn）象征了人生路上不期而遇的挫折。虽然遭遇逆境，但青年人却不畏挫折，笑迎困难，表现出一种昂扬向上的朝气和令人钦佩的胆识，洋溢着一种催人奋进的乐观主义精神。

大文豪莎士比亚（William Shakespeare,1564-1616）则在他脍炙人口的十四行诗中，将玫瑰花的刺比作一个人身上与美德共存的缺点与美好事物中的瑕疵：“别再为你所干了的事情悲伤，玫瑰有刺儿，银泉也带有泥浆（No more be grieved at that thou hast done: Roses have thorns，and silver fountains mud）（董素华，2003：9）。”“玫瑰有刺”，莎士比亚以具体形象的语言，表达了“人非圣贤，孰能无过”的朴素思想，成为千古传诵的佳句。

此外，有使人如痴如狂的爱情就有使人黯然神伤的失恋。诗人一般用玫瑰花的刺来表达失恋给人带来的痛苦和伤害，形象生动。罗伯特·彭斯（Robert Burns,1759-1796）在《可爱的杜河两岸鲜花开》中描写了这样一位失恋少年：

“轻快地我从多刺的树上，
摘下一朵玫瑰；
但我那假情人留下了刺，
却偷走了玫瑰。”（袁可嘉译）（袁德成，2000：28）

诗中的“刺”和“玫瑰”各出现了两次，每次均具有不同的内涵。从多“刺”（布满艰辛）的树上采摘“玫瑰”（爱情），这应该是一个审慎而艰难的过程，少年却轻快地做到了，这表明了他的轻率，也预示了爱情的悲剧。结果少年的一番真情收获的是虚情假意：假情人抛弃他，偷走了他的真心（玫瑰），给他留下了无穷的懊恼和悲伤（刺）。诗人以浅显明了的语言道出了失恋少年内心的悲戚，以及痛定思痛后对爱情的反思和悔恨。

威廉·布莱克（William Blake，1757-1827）在《我可爱的玫瑰树》（*My Pretty Rose Tree*）一诗中却以玫瑰花的刺传递了别样的情怀：

A flower was offered to me;
Such a flower as May never bore,
But I said, “I've a Pretty Rose-tree,”
And I passes the sweet flower o'er.

Then I went to my Pretty Rose-tree,
To tend her by day and by night.
But my Rose turned away with jealousy,
And her thorns were my only delight.
（有人要拿一朵花给我，
五月的花也没有这样美；
但我没要这美丽的花，
我说，“我有棵可爱的玫瑰树。”

我到我可爱的玫瑰树那里，
不分昼夜地殷勤服侍，
但我的玫瑰嫉妒了，不理我，
她的刺成为我唯一的欢娱。）（宋雪亭译）（袁德成，2000：24）

这首诗从浅层次分析，布莱克围绕玫瑰（树）的意象刻画出殷勤专一的男子和嫉妒撒娇的女子形象。爱人的善妒反衬出她对自己的深爱，怨忿中略带娇嗔，宛如玫瑰花的刺更激起了诗人的爱意，即使被她的刺伤得遍体鳞伤也是一种爱的欢娱。此外，玫瑰上的刺更激起了诗人的情欲和征服欲，在此性与其说是玫瑰，还不如说是玫瑰上的刺。

从深层次分析，布莱克探讨了婚姻中的伦理问题。他以“美丽的花”（sweet flower）象征一次美丽的爱情邂逅，以“可爱的玫瑰树”（Pretty Rose-tree）象征业已存在的婚姻和家庭，当不期而遇动人的爱情时，他理智地放过机会，不为所动，忠实于自己的婚姻，把自己全心全意地奉献给自己的家庭。可他收获的是什么呢？诗的最后两行发人深省，结局出人意料：他的爱人（玫瑰）反而对他产生猜疑和嫉妒，给他脸色和伤害（刺）……布莱克从家庭伦理和责任的角度探讨了婚姻忠诚性的问题，这一问题可从布莱克自己的婚姻生活中得到一些诠释。布莱克既会写诗又会作画，才华横溢。而他妻子却是个文盲，虽然布莱克教她认字，但双方在某些方面缺乏共同语言。布莱克一生几乎是在孤独与贫穷中度过的……因此，布莱克有这样不合世俗的观点：他痛恨正统的宗教和伦理思想，认为人应该解放合理的欲望，追求丰富多彩的“精神生命”。但我们不能将他的思想庸俗化，不能认为人可以肆无忌惮地超越一切道德、伦理规范，为所欲为。

从广义的象征意义分析，这首诗的内涵非常丰富。布莱克善于用象征的手法写诗，他的诗往往笼罩在神秘的光环中，辞浅意深。诗中“美丽的花”也象征了生命中的能量与活力，“玫瑰（树）”则象征了束缚生命的条条框框。从深层的象征意义上看，这首诗的寓意是：“诗人意图表明，僵化地按机械的规则行事是毫无意义的”（董素华，2003：50）。诗人希望人们解放对生命的束缚，焕发生命的活力，这样才能避免“刺”的伤害，感悟生活的真谛，活出生命的精彩。

4. 玫瑰芳香的意象

玫瑰的芳香沁人心脾、香味持久，让人如痴如醉。让人陶醉的玫瑰花香昭示了一种爱和美所带来的神奇魔力。和莎士比亚同时代的诗人、戏剧家和评论家本·琼森（Ben Jonson,1572-1637）在《给西丽雅》（*To Celia*）一诗的第二节中就将这种神奇的魔力描绘得栩栩如生：

To Celia
I sent thee late a rosy wreath,
Not so much honouring thee
As giving it a hope that there
It could not wither'd be;
But thou thereon did'st only breathe,
And sent'st it back to me;
Since when it grows, and smells, I swear,
Not of itself, but thee.
（我新近给你送上了一束玫瑰花，
与其说诚心拿来孝敬你
不如说让它们有希望得到熏陶，
不会得枯槁以至于委地；
可是你只在花上呼吸了一下，
把它们送回到我的手里；
从此它们就开得叫我闻得到
不是它们自己而是你。)（卞之琳译）（袁德成，2000：14）

在这首诗中诗人运用夸张的修辞手法，将花的香味和人的气息二者完美无缺地结合在一起，描绘出一位国色天香的女子那胜过玫瑰花香的迷人气息。诗人将爱情的玫瑰花环虔诚地献给自己爱恋的女郎，女郎对着玫瑰花环轻轻地吐出一口气息，神奇的事情发生了：玫瑰的芳香变成了情人的气息，这诱人的芬芳弥漫成了一种迷人的爱的氛围，嗅着玫瑰清香就像爱人在紧紧地拥抱自己。在“Since when it grows, and smells, I swear”一句中诗人用了六个绵延拉长的“咝”（S）音，它们宛如绵绵不断的玫瑰花香，优柔舒缓地萦绕缠绵，将美丽的玫瑰花儿和动人的女子二者高度完美地融为一体，让人如痴如醉。读者似乎也进入了诗人所营造的弥漫着爱的芬芳的意境，让嗅觉得到一次爱的洗礼……

英国抒情诗人雪莱（Percy Bysshe Shelley，1792-1822）在他著名的诗篇《致云雀》（*To a Sky-Lark*）第十一节中也出色地描摹了玫瑰的芳香：

Like a rose embowered
In its own green leaves——
By warm winds deflowered——
Till the scent it gives
Makes faint with too much sweet those heavy-winged thieves:
（像一朵让自己的绿叶
荫蔽着的玫瑰，
遭受到热风的摧残，
直到它的芳菲
以过浓的香甜使鲁莽的飞贼沉醉；）（江枫译）（何功杰，2003：234）

《致云雀》是雪莱一首优美动听的抒情诗，诗人以丰富的想象力，以明喻的修辞手法描写了“欢乐的精灵”——云雀那动人心魄的歌声。

其中的一个比喻是作者把云雀的歌声比作荫蔽在绿叶中的娇羞的玫瑰，神秘的玫瑰像一位头上罩着红盖头的新娘——忸忸怩怩，羞羞答答……但她馥郁的香味具有巨大的杀伤力：热风（warm winds）想摧残她，不但奈何不了她那由内而外的芳菲，反而沦为“窃香”的飞贼（those heavy-winged thieves），自己沉醉其中而不能自拔。雪莱是个修辞高手，他在明喻中又运用了拟人的修辞手法，以“飞贼”来描写“热风”，使读者似乎也窥见和分享了热风这一飞贼“窃香”后的暗喜和陶醉之情。从整节诗歌来看，雪莱采用了通感的修辞手法：将听觉付诸于嗅觉，把云雀那精灵般的美妙激扬的歌声，以玫瑰撩人心魄的醉人香味惟妙惟肖地传达出来。诗人高超地抓住两者的共通之处：玫瑰的芳香和只闻其声不见其形的云雀都有看不见（invisible）的特点，但它们都有迷人的魅力，使人倾倒，给人欢愉。通感手法的恰当运用极大地丰富了诗意，无限拓展了读者的想象空间，色香味俱全的“嗅觉盛宴”和“视觉盛宴”，把“听觉盛宴”推向了高潮……

5. 结语

在西方文化中，玫瑰被赋予爱情的象征意义，这是玫瑰给人的最鲜明的意象。在英语诗歌中，诗人们以玫瑰来“缘物寄情”，不仅对玫瑰的花蕾赋予美好的情感，而且把玫瑰的刺、叶片、色彩和香味都赋予了人类的情思和文化内涵。

西方诗人将“意象”这种诗人“意念中的形象”，借助“玫瑰”这一具体的自然界的客观事物，生动地表述出来，从而使玫瑰赋予了人格化的内涵。诗人们围绕玫瑰的植物属性，将其外延扩大，将自己的心中之意和深邃的思想酣畅淋漓地表达出来，使玫瑰意象在英语诗歌中经久不衰并出新出彩，使之逐步演变为一个经典的意象。欣赏这样承载着丰富情感的英语诗歌，能给人一种美妙绝伦的精神享受。

世界谚语中“玫瑰”意象赏析

古今中外，谚语是人民大众集体智慧和经验的结晶。“它的重要特点之一，是以人民性、哲理性见长”（沈爱莲，1983：1）。绝大多数谚语土生土长，来自于民间，反映出人民的智慧、情感与思想。谚语根植于生活这块沃土，具有浓郁的生活乡土气息，自然清新，形象鲜明，短小精悍，朗朗上口，易懂易记，以明白晓畅的语言口耳传诵、代代相传，潜移默化地引导人们在日常生活和劳动中少走弯路，更便捷、轻松地生产和生活。谚语除了具有人民性外，还具有哲理性的重要特点，特别是一些由格言转化而成的谚语，哲理性更强。具有格言性质的谚语大多来源于名著中的名人名言。这些高度凝练的警句妙语，具有辞浅意深、以简寓繁的特点，在岁月长河中逐渐从名著中华丽转身，演变为日常谚语。这些蕴含哲理性的谚语更耐人咀嚼、回味无穷。如培根的名言“一个民族的天才、机智和精神都可以在它的谚语中找到”（沈爱莲，1983：1）。这句名人名言演变为谚语：“The genius, wit, and spirit of a nation are discovered in its proverbs. 在一国谚语中，可见民族气质、智慧与精神。”（朱正健，2006：445）在这句谚语中，可同时窥见谚语所特有的人民性与哲理性的特点。

在世界谚语中，含“玫瑰”这一意象的谚语，突显出哲理性极强的特点。玫瑰的一花一刺、一园一香……玫瑰的枝枝叶叶总关情、总关理，让人一花一顿悟，这些带“玫瑰”“玫瑰刺”“玫瑰香”等植物属性的谚语，让人心扉储香，引人思索，心智顿开……

1. 玫瑰赏析

与其他花卉一样，玫瑰的美有自然美和风韵美两大方面。在自然美中，玫瑰的色彩美十分引人注目，红彤彤的玫瑰常让人联想到血与火，例如：

Fire is the rose of winter.（Armenia）火是冬天里的玫瑰。（亚美尼亚）（蒋小平，1996：27）

在这句谚语中，火焰是本体，玫瑰是喻体。玫瑰属于红色系花，红艳艳的玫瑰似乎蕴含巨大的热能，在阳光的照射下像火一样燃烧，充满活力。因此，把火比喻为玫瑰，特别是冬天里的玫瑰，即贴切又形象。火玫瑰，给人温暖、更给人美感。

在自然美中，玫瑰的形态美也是独特的，特别是玫瑰的花骨朵，宛如一颗火红的丹心，惹人喜爱：

含苞的玫瑰比盛开的更加可爱。（英国）（沈爱莲，1983：57）

含苞的玫瑰像颗小巧玲珑的少女心，欲放还羞，惹人怜爱。盛开的玫瑰则多了些开放、恣肆、张扬，却少了些内敛、含蓄、羞涩。因此，从花卉姿态美的方面来欣赏和引申：如花蕾般天真烂漫的孩童比深谙世故的成人可爱；如蓓蕾般娇羞纯洁的美少女比浓妆艳抹的美人可爱……

含苞的玫瑰如此可爱，英语中就有这样一条含有 rosebuds（玫瑰花苞），劝人及时行乐的谚语：

> Gather ye rosebuds while ye may.（UK）快摘玫瑰蕾。/ 有花堪折直须折。（英国）（连畔，1978：4-5）

谚语中，古英语 ye 一词是第二人称代词 thou（=you）的复数形式，表示“你们”。这条谚语来源于英国抒情诗人 Robert Herrick（赫里克）（1591-1674）的名篇《快摘玫瑰蕾》——“Gather ye rosebuds while ye may，/Old Time is still a-flying：/ And this same flower that smiles to-day,/To-morrow will be dying.”（快摘玫瑰蕾，趁你还年少，/ 时光在飞逝不停；/ 今天这朵花还含着微笑，/ 明日它就会凋零。）（黄杲炘译，1998：276-277）。这节诗歌以很强的祈使语气开篇，劝诫力度大，反映出浓烈的人文主义思想。人文主义者认为享乐并非罪恶，不该遮遮掩掩。但是也许受到诸如类似谚语的影响，“一朵花在含苞未放的时候是不应当去摘的”（苏联）（沈爱莲，1983：124），这句诗在时间的长河中，演变出一条变体的谚语：

> Gather roses while you may.（UK）当你能摘玫瑰时就摘下。（英国）（王德春，杨素英，黄月圆，2003：105）

在这条变体的谚语中将 rosebuds（玫瑰花蕾）改为 roses（玫瑰），增添了一些怜爱的情感，因为花骨朵毕竟稚嫩幼小……除了劝人们要及时行乐外，这条谚语还告诫人们要珍惜玫瑰盛开的当前好时光，要抓住机会，特别要抓住美好的机会。毕竟花开花谢是自然界的法则，例如：

The fairest rose at last is withered.（UK）再鲜艳的玫瑰，最终也要枯萎。（英国）（Smith，1952：548）

最美丽的玫瑰凋谢得最快。（法国）（莫洛亚，2003：442）

在这两句谚语中，以花比人，字面描摹玫瑰花开花落的自然属性，实际暗指美人红颜易老，韶华易逝；青春年华短暂，要倍加珍惜。“The fairest rose”暗指绝世佳人或最美好的事物，纵使女子年轻貌美、美艳绝伦，但再漂亮的容颜最终也会像玫瑰花一样枯萎凋谢，再无限美好的东西也会月盈则亏，随时光轮回，甚至消亡，例如：

The most beautiful roses grow on graves.（Germany）最美丽的玫瑰生长于坟墓。（德国）（Ley，1998：143）

这句德国谚语直接点出了最美玫瑰的生长地——坟墓，让人心里不免一惊：红颜易逝，美人薄命……如此美到极致时的香消玉殒，令人触目伤怀，唏嘘叹惋。同时蓦然警醒：要珍惜活着时的生命好时光，不辜负最美的青春年华！

在自然美中，含玫瑰的谚语往往还以质朴的语言，将大自然中的现象呈现在眼前：

However long the sun shines upon a thistle, it will never become a rose.（Germany）不管太阳在大蓟上照射多久，蓟也绝不会变为玫瑰。（德国）（Ley，1998：144）

野生植物大蓟的花呈紫色、黄色或白色，是苏格兰的民族象征。虽然大蓟和玫瑰一样茎上有刺，但植物的本质属性绝不会因为太阳日照的延长而改变。

除了自然美，玫瑰的风韵美更体现出人们追求真善美的精神。玫瑰在人们心中既是美丽的象征，也是美好的象征，人们渴盼与玫瑰相伴：

I am not the rose, but I have lived with her.（France）我虽非玫瑰，但我会与她同住。（法国）（连畔，1978：38-39）

这句谚语源于法国作家和政治家干斯坦（Constant de Rebecque）（1767-1830）的格言。玫瑰是美的象征，与玫瑰花同住，满屋弥漫玫瑰馥郁的味道。近朱者赤，与玫瑰同住的人会被玫瑰花的气息所熏染。在耳濡目染的熏陶中，也会成为灵魂有香气的人，浑身散发醉人的玫瑰芳香。

玫瑰有着阴柔之美，在一则法国谚语中，人们则把玫瑰与友谊联想在了一起：

A girl without a friend is like the spring without roses.（France）女孩没有朋友宛如春天没有玫瑰。（法国）（Ley，1998：121）

把友谊比作玫瑰，突显了友谊在人们生活中特别是女孩生活中的重要性。Rose（玫瑰）由于寓意好，许多欧美家庭会将自己家里的女孩取名为 Rose（罗丝），希望女孩成为内外兼修、美丽可爱的好姑娘。法国是一个浪漫的国家，这句法国谚语富含隐喻。一方面，它提醒女孩，要结交玫瑰花样的女性朋友，生活中才会有春天的玫瑰陪伴；另一方面，它暗示女孩要结交男性朋友，假以时日，友谊之花才会像玫瑰那样在春末夏初绽放成爱之花……

然而玫瑰所象征的美不是所有的人都懂得欣赏，人们必须警惕犯错：

Cast no roses before swine.（Holland）不要在猪猡面前丢玫瑰。（荷兰）（Ley，1998：170）

这句谚语告诫人们不要把珍贵的东西给不懂价值的人，即不要对牛弹琴。英语中也有这么一句习语：Cast/throw pearls before swine（明珠暗投）。在英国同样有这么一句与荷兰谚语大同小异的谚语“A pig won't spare even the most beautiful fruit.”（即使是最美的果子，猪也不会加以珍惜）（英国）（蒋小平，1996：175）。因为在猪的眼中只有“饲料”是最美、最有价值的东西。这两句谚语中，“最美的果子”与“玫瑰”有异曲同工之妙，形象生动，让人沉思……

此外，英国谚语中还有一句短小的谚语：

Life is not all roses.（UK）人生并不是康庄大道。（英国）（赖余，1982：145）

在这句含“玫瑰”的谚语中，以否定词“不”（not）来告诫人们不要过于天真：人生充满波折，有顺境也有逆境。就像美丽的玫瑰花，其枝条也会长满尖锐的刺。尽管如此，必须乐观、积极地生活，因为生活是一种选择，有因便有果，生活充满了因果关系：

种玫瑰得花，种蒺藜得刺。（中国）（郑勋烈，1985：125）

播种美好收获美好，播种乐观收获乐观，反之，播种悲观收获悲观。

玫瑰原产于东方，在中国文化中，玫瑰是一种有个性的花，因为其枝茎带刺，呈现出勇敢刚强的一面，被古人称为“刺客”。同时又由于玫瑰的花色、花香、花美让人流连忘返，古人又将玫瑰称为“徘徊花”。玫瑰这种在刚毅中展现出绝代风华的特性，容易让人们把玫瑰与才能勇武过人、具有英雄品质的人相提并论，例如：

玫瑰在花园里开放，英雄在人民中成长。（中国）（郑勋烈，1985：141）

英雄的成长有其赖以生存的土壤——人民，正如玫瑰的盛开也有最具观赏价值的地方——花园。英雄和玫瑰一样都有其特定的生长环境和成长轨迹：只有融入集体、扎根集体，不脱离集体养料的滋养，在人民中成长起来的英雄才能像在花园中开放的玫瑰那样具有蓬勃的生命力和坚强的意志力。

2. 玫瑰刺赏析

玫瑰有刺才是玫瑰。玫瑰与刺是不可分割的一个整体。这种不可分离的关系，在谚语中也有辩证的表述，反映了人们在生产生活中朴素的辩证观。例如：

Every rose has its thorn.（UK）1. 哪朵玫瑰没有刺！ 2. 幸福之中有不足。（英国）（赖余，1982：80）

No rose without a thorn.（UK）1. 哪有玫瑰不长刺。 2. 世上没有十全十美的事。（英国）（赖余，1982：173）

"No rose without a thorn." 这句谚语来源于 Ray（雷里）的格言 "There is no rose without a thorn."（没有玫瑰花是不长刺的）（连畔，1978：32-33），寓意世上没有十全十美的东西。没有不带刺的玫瑰，纵使世上的玫瑰既美又香，枝条上也有刺相伴。这句谚语虽然只寥寥数语，却是含"玫瑰"的谚语中最精彩、最经典的一句。无独有偶，在世界谚语中，很多国家都有相同意思的谚语，例如：

玫瑰哪能没有刺。（中国）（黎伟东，林泽，纪浩然，杨鹤楼，1983：267）

没有不带刺的玫瑰。（德国）（黎伟东，林泽，纪浩然，杨鹤楼，1983：268）

上面这些谚语以客观的笔触阐述了玫瑰与刺相伴相生的植物属性关系，玫瑰刺的主要寓意是“瑕疵”：即使像玫瑰这样美艳的花也不可能完美无缺。它所表述的意思比较直观。而在一句阿富汗谚语中，则把刺与玫瑰的关系进一步上升到一种朋友的关系：

The rose is a friend of the thorn.（Afghanistan）玫瑰是刺的朋友。（阿富汗）（Ley，1998：19）

这句谚语把玫瑰和刺的关系突破了字面含义，提升到一种哲学的范畴。人们更多地认为：刺是玫瑰的忠诚卫士，它会刺伤摘花者，保护着玫瑰免遭蹂躏和采摘。玫瑰刺的工作是神圣的，但也是单调的、孤独的。反过来说，玫瑰刺也需要被抚慰。这句谚语填补了这种情感空白，“玫瑰是刺的朋友”，让人们从玫瑰的外表美触及到了玫瑰的心灵美。“刺”保卫着玫瑰，玫瑰则放下身段，以感恩的心把自己的守卫者当作朋友。这样真诚的友谊让心感动。

由此可见，玫瑰离不开刺，缺乏刺的玫瑰已不是真正意义上的玫瑰：

The lover who gives you her body but not her heart is generous with thornless roses.（Iran）肯把她的身体给你，却不肯把她的心给你的情人慷慨给你的是无刺的玫瑰。（伊朗）

（Ley，1998：189）

这句谚语赋予玫瑰刺极高的地位，把身体比作玫瑰，把心灵比作玫瑰刺。“无刺的玫瑰”代表没有灵魂的身体，这是没有爱情的肉欲之欢。唯有灵与肉的完美交融才是真正的爱情，这样的爱人虽然是一枝带刺的玫瑰，却是一朵真正的有生命力的玫瑰。这样的爱才是完整的爱，这样的情人才是真正的心上人。这句谚语道出了爱情的本质。

如果说上面的这句谚语描写的是故意的“无刺”状态，那么下面的这句谚语描写的则是无意的“无刺”状态：

Love sees roses without thorns.（Germany）爱情让人只看到无刺的玫瑰。（德国）（Ley，1998：141）

情人眼里出西施，坠入爱河的情侣完全陶醉在恋爱的喜悦和浪漫中，全身心享受着爱的欢愉，完全看不到对方的缺点。眼中只看到玫瑰，只感受到玫瑰象征着的火辣辣的爱情，全然看不到对方的缺点，感受不到玫瑰的刺。热恋时，情侣的眼睛往往会被蒙蔽。

另外，“刺”常让人联想到“苦”，“花”常让人联想到“甜”：

多刺的荆棘往往长出柔嫩的蔷薇花。（意大利）（沈爱莲，1983：225）

在这句谚语中“柔嫩”一词暗示多刺荆棘的“坚硬”，逆境是蔷薇花（玫瑰）的摇篮。在刺蓬蓬里傲然盛开，蔷薇花（玫瑰）外柔内刚，有一颗坚强的心。“玫瑰刺”象征艰难困苦和逆境。即使身处困境，生长在荆棘丛中，蔷薇花（玫瑰）依然展现芳华。故世间的美好，都需经历“梅花香自苦寒来”那样的苦寒之境。这种玫瑰与刺、刺与玫瑰和谐共生的关系，在下面这句土耳其谚语中体现得最完整：

The rose comes from the thorns that were born of roses.（Turkey）玫瑰从刺丛中长出来，而从玫瑰又长出刺来。（土耳其）（Ley，1998：325）

这句谚语与前面的谚语相比，语义上进了一步，体现出一种双向而不是单向的关系：玫瑰从刺丛中生长，刺丛又从玫瑰中生长。这句谚语阐述了一种“质与质之间的转换”（阿尼金，1984：258）关系，展现出创造谚语的人民大众的智慧：精准的观察力和逆向的思辨能力。

玫瑰与刺这种相生相伴的关系，也提醒人们在生活中不能片面，例如：

For the sake of the rose the thorn is watered too.（Africa）为了玫瑰的缘故，也要给刺浇水。（非洲）（Ley，1998：25）

为了玫瑰，也要给刺浇水。（阿拉伯）（沈爱莲，1983：61）

这两句谚语意思一样，喜欢玫瑰，也得给玫瑰刺浇水。它提醒人们要全面地对待事物，纵使“刺”会让人们敬而远之，但为了“玫瑰”或世间美好的东西，人们也得善待某种不美好的东西，因为玫瑰和刺是融为一体的。故在呵护玫瑰的同时也要呵护刺：

The gardener who loves roses is slave to a thousand thorns.（Turkey）爱玫瑰的园丁是一千根刺的奴隶。/ 爱玫瑰的园丁得受一千根玫瑰刺的奴役。（土耳其）（Ley，1998：325）

精心侍弄玫瑰的园丁也要精心侍弄玫瑰刺，甚至在侍弄“刺”时比侍弄“花”要付出更多，甚至超越千百倍的心血。因为美不是唾手可得的，要历经千辛万苦。这句谚语中“slave”一词用得很精妙，发人深省。如果爱玫瑰，必须对玫瑰刺也俯首帖耳，臣服于玫瑰刺的石榴裙下，方能获得爱和美。如果爱一个人，必须接纳其一切恋爱时看不到的瑕疵，要有一颗博大包容的心……

此外，刺还代表追求之路上的艰难险阻：

> Truth and roses have thorns about them.（UK）真理和玫瑰，两旁都有刺。（英国）（黎伟东，林泽，纪浩然，杨鹤楼，1983：4）

在这句谚语中抽象化的真理与具体化的玫瑰相比拟：要摘到玫瑰，要经受被刺伤的考验，绝非易事。同理，追求真理的过程也是一个艰辛的过程，绝不可能一蹴而就，要经过千辛万苦的寻求。“玫瑰刺”生动地刻画出了追求真理之路上的险恶之境和重重障碍。因此，怕刺的人是寻不到真理的，正如下面这几句谚语所云：

> 怕刺的人，采不到红玫瑰。（中国 哈萨克族）（郑勋烈，1985：191）
>
> 谁希望摘玫瑰，就不要怕刺。（尼泊尔）（沈爱莲，1983：193）
>
> 谁要想摘玫瑰，谁就不要怕刺。（伊朗）（郑勋烈，1985：30）

这几句中外谚语，语言相似度极高，除了“玫瑰”和“刺”意象选择的构思巧合外，还折射出人们对真理的认识不分国界；真理和玫瑰都只属于勇敢者而不属于怯懦者。在追求真理和美好生活的路上，需要勇敢无畏和坚韧顽强，唯有“不怕刺”，方能寻得真理，远离谬误；唯有“不怕刺”，方能摘到梦中的红玫瑰。

但在生活中“刺”有极强的生命力：

> Roses fall, but the thorns remain.（Holland）玫瑰零落了，但刺仍留着。（荷兰）（Ley，1998：170）

这句荷兰谚语提醒人们：柔美的东西（玫瑰）凋落在先，坚硬的东西（玫瑰刺）却凋零在后，这种现象需引起人们的警惕。要警钟长鸣，要深知与艰难险阻进行抗争的历程是长久的，而不是短暂的。追求真理的路上充满了艰辛。

另外，有一句谚语让玫瑰和玫瑰刺形成鲜明对比，形象化地给人以很强的教育警示作用：

> If you lie upon roses when young, you'll lie upon thorns when old.（UK）年轻时只知道寻欢作乐，到年老免不了挨饿受冻。（英国）（朱正健，2006：249）

这句谚语告诫人们：“少壮不努力，老大徒伤悲。”它的字面含义是：“如果年轻时躺在玫瑰花上，到老了将躺在刺上。”它引入“玫瑰”和“玫瑰刺”的意象，寓意便立刻鲜活起来：“玫瑰”象征享乐，“玫瑰刺”象征痛苦和煎熬。一个“躺”字如桥梁般将二者联结起来，年轻时“躺在花上”，很舒服；而年老时将“躺在刺上”，很扎心。两幅图画在脑海中栩栩如生，发人深省。让人不敢在年轻时懒惰懈怠、不思进取。为了避免老年时躺在“刺窝窝”里被扎得浑身疼痛，年轻时要勤劳勤奋，走出舒适带，不能只贪恋玫瑰铺就的安乐窝。即年轻时要种花，不要种刺。

3. 玫瑰香味和玫瑰香水赏析

除了玫瑰刺独具个性，玫瑰的花香也别具一格，优雅迷人。虽然玫瑰不是最香的花，但玫瑰集美于一身，玫瑰的花香充满了磁石般的魅力。在世界谚语中，有很多包含玫瑰香味的脍炙人口的谚语。例如：

Beauty without virtue is a rose without fragrance.（USA）无德之美犹如玫瑰无香。（美国）（边玉珍，王璐，2003：109）

玫瑰是美的象征，花香是玫瑰的内涵，正如美德是美丽的内涵一样，带有美德的美，才是内外兼修的美。这样的比喻很接地气，把抽象的美德化为具体的花香，让饱含德行的美馨香四溢。这样的谚语不仅对塑造人的心灵美和外表美起到激励作用，还强调了德为先的生活准则。

另外一句丹麦谚语也表达了同样的观点：

Beauty without honesty is like a rose without perfume.（Denmark）缺乏诚实之美犹如玫瑰无香。（丹麦）（Ley，1998：97）

美丽为外表，诚实为心灵；玫瑰是外在美，花香是内在美，把诚实比喻为玫瑰花香，凸显了内在美的重要性。让人在情不自禁回味美德的味道时，下意识去身体力行，做一个有诚实品质的人……

玫瑰的花香常与真、善、美的品德紧密相连，在俄罗斯有这么一句带着玫瑰香味的谚语：

If your heart is a rose, then your mouth will speak perfumed words.（Russia）你的心灵如是一朵玫瑰，那从你口中说出的

话也飘着芬芳。（俄罗斯）（Ley，1998：276）

把丹心暗喻为一朵红玫瑰，这样的比喻不算新奇；但新颖的是，把口中说出的美言与玫瑰迷人的味道相互比拟，心灵美带来语言美，这样劝人从善的谚语散发着花香，一颗真善美的种子便会悄然在心里播种、萌芽、生长，当玫瑰开花时，善言善行便自然成为人的自觉行为……

此外，关于玫瑰花香的谚语中，这句来源于莎士比亚名著的谚语比较有名：

A rose by any other name would smell as sweet.（UK）玫瑰不叫玫瑰，芬芳依然如故。（英国）（赖余，1982：31）

这句英国谚语揭示了事物的本质不会因为称谓的改变而改变。芳香，是玫瑰的本质，故这种花，不管它的名字叫不叫玫瑰，它都是香的。这句谚语出自莎士比亚的名剧《罗密欧与朱丽叶》（*Romeo and Juliet*）二幕一场：

What's in a name? that which we call a rose
By any other name would smell as sweet.——Shakespeare
（名称有什么关系呢？我们称为玫瑰花的，唤做任何其他名字也一样芬芳。——莎士比亚）（赖余，1982：145）

莎士比亚以玫瑰持久不变的香甜味（sweet）阐述了人生的哲理：事物重要的是本质，而不是名称。"What's in a name?（名字无关紧要。）"（葛志宏，孟丽，1999：182）也演变为英语中的一句谚语。所以，在人生中要抓精髓，聚焦本质。在英国也有一句关于花和花香的谚语，告诫人们不要被事物的表面现象迷惑：“The handsomest flower is not the sweetest.”（最美的花不一定最香）（赖余，1982：211）。

花香虽然有一定的迷惑性，但花香也有期限，需要倍加珍惜：

> A rose too often smelled loses its fragrance.（Spain）常放在鼻子边闻的玫瑰会失却芳香。（西班牙）（Ley，1998：304）

这句西班牙谚语描绘了玫瑰娇弱的一面：美好的东西不能被反复地触摸摩挲，否则它会失却生命力、失去鲜度，散发出的香味不再新鲜如故，甚至会萎谢凋零。有着丝绒般花瓣的玫瑰香气迷人，但同时也是娇嫩的、柔弱的，要香味长久、要美德永恒，人们对玫瑰般美好的事物还需精心呵护、把它们当作手心里的宝……

对于玫瑰的娇弱性，在一句土耳其谚语中有着耐人寻味的描述，有时外刚内柔的人脆弱起来，比软弱的玫瑰还柔软，比玫瑰更不堪一击：

> Man is harder than iron, stronger than stone, and more fragile than a rose.（Turkey）人比钢铁更硬，比石头更强，但比玫瑰更脆弱。（土耳其）（Gross，2017）

这条谚语以“钢铁”“石头”和“玫瑰”的硬度、强度和脆性相比较，形象地刻画出人类刚柔并济的特点：人有坚强如钢的一面，更有柔情似水的一面。在这句土耳其谚语中，用玫瑰来描写人的脆弱性，带着柔美的特质。这句谚语中的玫瑰，主要指大马士革玫瑰。在土耳其，大马士革玫瑰（R. damascena）深受人们喜爱。大马士革玫瑰自1894年在土耳其种植以来，许多蒸馏玫瑰的蒸馏厂相继建立，以提取玫瑰精油。在这样的社会背景中，用大马士革玫瑰这种香味扑鼻的玫瑰来比拟人的脆弱性，既美又柔，让人在香氛中沉思遐想……

除此之外，有一句含“玫瑰”的英语短语（not）a bed of roses 有“（并非）鸟语花香”的含义：

Life is not a bed of roses.（UK）1. 人生并非处处鸟语花香。
2. 人生并非处处春。（英国）（赖余，1982：144）

这句英国谚语的字面含义是：生活并不会只呈现玫瑰花坛或铺满玫瑰花床的舒适生活。深层含义是：生活并不会总出现轻松的境况，并不会总是花香拂面……“a bed of roses”寓意安乐窝和称心如意的境遇。古罗马时期，富豪以玫瑰撒床，嗅着玫瑰花香，用玫瑰花床这一习俗展示一种富足、享乐的安逸生活。

众所周知，除了玫瑰的自然香味，玫瑰还可制成玫瑰水、玫瑰香水、玫瑰露或玫瑰露精。在英语中被称为 rose water、rosewater 或 rose water essence。其中，rose water 的特点是飘香、天然、纯净，散发浪漫气息，例如：

Rose water is not for the backs of old folk, but for the breasts of young lovers.（Iran）玫瑰香水并非用来给老家伙揩背，而是喷洒于年轻恋人的怀抱。（伊朗）（Ley，1998：190）

这句俏皮的谚语弥漫着罗曼蒂克的气息，纯纯的、浓浓的，让人陶醉。玫瑰香水洒在年轻恋人的怀抱中，让纯美的爱情有了味道。拥吻，特别是心与心紧紧相贴的拥抱，让人看到了爱情纯净、动人的样子。玫瑰香水让爱的罗曼史升华……

在另一句马耳他谚语中，人们也以花香来比喻爱的拥抱：

A kiss without a hug is like a flower without fragrance.

（Malta）没有拥抱的吻犹如花之无香。（马耳他）（Ley，1998：238）

拥抱，犹如花香，让两颗相爱的心散发出爱的香味，真美好！此外，印度尼西亚谚语中也有一句关于“玫瑰水”的谚语：

乌鸦即使在玫瑰水中洗过澡，也仍旧是黑的。（印度尼西亚）（黄彦，沈力勤，郝耀华，郝佳音，1988：161）

这句谚语阐述了一个基本的道理：事物的本质是改变不了的，要明辨事理。乌鸦的羽毛呈乌黑色，它即使在圣洁的玫瑰水中沐浴过，也无济于事，黑色的羽毛也不会转变为白色的羽毛。汉语中有一句家喻户晓的谚语：“天下乌鸦一般黑。”从乌鸦的黑色羽毛隐喻黑心，也强调了人们在生活中要明辨明证。

Rosewater 除了有“玫瑰香水”的字面含义外，也有“奉承话”的寓意。在下面这句带格言性的英语谚语中，rosewater 有其特殊的象征意义：

Revolutions are not made with rosewater.（UK）革命并非玫瑰香水制成。（英国）（Simpson，1982：190-191）

其浅层含义是：革命不会散发玫瑰香水味。深层含义是：革命会经历血与火的洗礼，伴随着流血与牺牲；革命应采取武装手段，而不能仅仅采用温和的手段。在这句含有否定的暗喻中 rosewater 所指代的是 blood 或 blood water，即 Revolutions are made with blood（water）。但直接用 blood 多了一些血淋淋的残酷血腥味，用 rosewater 则多了一些温馨的香味，敦促欲意投身革命生涯的人，要了解革命的艰辛过程，抛弃小资情调和享乐主义。这种“玫瑰露”与“鲜血”的隐含对比效果，使这句谚语意蕴更深厚，力度更强。

最后，让我们在一句飘香的中国谚语中结束本文：

The scent of a rose will always stay on the hand of the giver. (China) 赠人玫瑰，手有余香。（中国）（Ley，1998：79）

这是一句家喻户晓的中国谚语，以“玫瑰”隐喻有形的关爱与帮助，以“余香”隐喻无形的愉悦与回馈。给予别人玫瑰花般美好的东西，淡淡的玫瑰清香会萦绕心怀、暗香浮动指间，宛如一首优美的乐曲余韵袅袅，不绝于心……给予者是快乐的，奉献者是幸福的。在给予别人物质或精神的帮助时，自己同时也悄然收获了一份绵长的喜悦；大爱的清香“润心细无声”。在含“玫瑰”意象的世界谚语中，这是最诗情画意的一句。赠人玫瑰，彼此关爱，世界这块无垠的大地会在平和的气息中更丰腴富饶，世界大家庭中每个人的生命的质地会更柔美芳香……

4. 结语

“谚语是智慧的结晶。”（郑勋烈，1985：157）“一句谚语千层意”（郑勋烈，1985：157）。谚语具有一定的反映现实生活的作用和激励教育的功用，含“玫瑰”的谚语将这种社会作用和功能生动化、形象化，更为人们喜闻乐见和欣然接受。在世界花苑中，玫瑰承载着“真善美”的寓意，它的形象是积极的、正面的，故在世界谚语大花园中玫瑰能一花独秀，绽放异彩，耐人回味。愿这些凝聚着世界人民智慧的“玫瑰”谚语，能扎根飘香于每颗乐于向善和向上的心，同时也愿我们在这个新时代中，能创造出更多能让子孙后代传承的谚语和名言佳句。汲取着“玫瑰”谚语的养料，愿在每个人的心灵花园中，四季都有鲜艳的花朵摇曳生姿，鸟语花香……

第三部分

中外电影中爱的玫瑰

红色是诗意的，红色是感性的；红色带着火的温度，同时又带着血的痛苦。

闻香识人，同味相吸。

爱情的味道不仅是大自然中纯朴的泥土味，也是廊桥边的野花散发出的淡雅之味。

浪漫，是女人心中的一束花。这束蓝色的野花便成了连接两颗心的另一座廊桥。

爱情的美酒有甘甜的味道，也有苦涩的味道。去与留的抉择是揪心的，离别是撕心裂肺的。

在水一方：心中的玫瑰在诗意和诚意中绽放

2009年，冯小刚的贺岁喜剧大片《非诚勿扰》在公映仅12天后就取得了超过两亿元的票房收入，其票房收入增长速度超过了当年张艺谋导演的《满城尽带黄金甲》的票房收入的增长速度。《非诚勿扰》投资仅5000万，它能取得这样骄人的业绩，有其宽泛的社会基础和广阔的现实空间。2008年，我国南方遭受了罕见的低温雨雪灾害，汶川遭受了毁灭性的地震打击，灾难召唤着国人献出真情、付出诚心。在大灾面前，全国军民众志成城，以诚挚之心和感天大爱互帮、互救、互助，在抗雪救灾、抗震救灾中亿万颗心和谐地一起跳动，展现出了真、善、美的情怀。《非诚勿扰》正契合了国人这种渴求真诚、渴望和美的心态，讲述了一个悲喜交加、朴素平实、寻求心灵和谐的爱情故事。冯小刚曾说："大家觉得2008年过得有点不太顺利，但是大家还得走下去，希望能给观众拍一个励志、深情的喜剧故事。"他做到了，成功了。

以真诚为载体寻求和谐是影片贯穿始终的一个主题，影片洋溢着一种带有悲悯色彩的人性关怀。电影一开始呈现出一幅黑白的反映人类苦难的纪录片画面：在飞机的轰鸣声中，地面上的人们惊慌失措地四处逃散，被人群推搡跌倒的小女孩，战火中头戴钢盔、持枪奔跑的士兵，“隆隆”的坦克声，“轰轰”爆炸的炮弹，腾起的滚滚黑烟……这些种种不和谐的画面强烈地刺激着人们的神经，冯小刚磁性的声音一直是资料片的画外音：“人类的未来究竟在哪里？文明薪火相传的背后是永无休止的分歧。当分歧无法解决时，悲剧就发生了。历史的车轮还会这样转下去吗？”黑白的画面切换成斑驳色彩的画面：美国民权领袖马丁·路德·金在激昂地演说：“I have a dream…”冯小刚的画外音再次响起：“我梦想有一天，有一样东西能将世界上所有的争端都化为无形，刀枪入库，铸剑为犁；我梦想有一天，有一个方法能解决人类所有的分歧，大地鲜花盛开，孩子们重展笑颜。21世纪什么最贵——和谐！”大屏幕上跳出了六个大字：“一切皆可解决！”大字下面是一台蓝色的“分歧终端机”，机器上印着一只白色的口衔橄榄枝的和平鸽……这看似不经意的前奏画面其实蕴涵了深刻的内涵，独具匠心的导演将大分歧和小分歧糅为一体，引起人们的警醒：人类的分歧无法解决时，便爆发战争；个体的分歧无法解决时，便发生悲剧（影片中女主人公的自杀便是一个注解）。这种将个体的分歧置于人类分歧的历史大背景下的大手笔的写意手法，呼唤人们珍惜和平家园、以诚意构筑和谐世界，为后面男女主人公寻求心灵和谐之旅铺陈了广阔的空间。

导演以幽默为线将“大”与“小”有机地串连起来，将凝重的画面以天真的童趣包裹起来，诙谐地指出那带着血与火的刀光剑影的分歧皆能以“分歧终端机”加以解决。原来，“分歧终端机”的问世源于主人公秦奋（葛优饰演）孩提时代玩过的“包剪锤”（“猜丁壳”）游戏：当小朋友们对某一物品争执不下时，就以猜拳“包袱、剪子、锤子”的游戏立断输赢，公平公正。为了解决在“包剪锤”游戏中出手的快慢和临时变拳的“弹簧手”的漏洞问题，自诩没有公司、没有股票、没有学位的“三无伪海龟”的秦奋，发明了将手放到一个圆柱体中进行“包剪锤”的“分歧终端机”。其简单的发明被天使投资人（范伟饰演）看中，在秦奋要价200万元（人民币？）投资人出价100万元（人民币？）的争执的关键时刻，“分歧终端机”立即派上用场，只见买卖双方滑稽地左手拉柄，右手出拳，数一、二、三，同时拉开机壳……投资人猜拳输了。他爽快地说道：“愿赌服输，成交！”秦奋低声怯怯道：“我说的是美元……”投资人慷慨道：“少废话，我说的是英镑！”范伟拿腔拿调的搞笑声把观众的笑神经撩拨得痒痒的，观众被这令人瞠目结舌的数字震得哈哈大笑。接着跟随一夜暴富的“光棍汉”秦奋带着这笔巨款开始了他轰轰烈烈的浪漫离奇的征婚之旅……

幽默感是冯氏喜剧的一大亮点和标签，征婚更是把这种幽默发挥到了极致。在征婚这一舞台上，上演了一场场光怪陆离、令人捧腹的人间“喜剧”。应征者林林总总、极具典型：有暗恋男主人公多年的嗲声嗲气的同性恋者、有以推销公墓为由的能把死人说活的墓地推销员、有倔强可爱得让人敬畏的少数民族姑娘、有患“失忆综合征”的木讷讷的阿姨、有谈性色变的性冷淡者、有想为肚子里的孩子找个爸爸的富家千金、更有痴迷炒股的女股民狂人……在这些笑料迭出的征婚过程中，涌现出一句句诙谐幽默的经典台词：“这娶老婆生孩子的事情，我还是自力更生吧，不接受外援！”“短线玩玩？你有那爆发力吗？只能长线拿着，有当没有了呗！”“用顺眼这词就低估你了……有的人是情人眼里出西施，不过分地说，仇人眼里你都是西施”……

通过秦奋的征婚，观众窥见了无数在情感的旋涡里挣扎的人，特别是女性。但这简短的七次征婚都只是铺垫，最后影片将情感矛盾集中在为情所困的悲情人物——空姐梁笑笑（舒淇饰演）的身上。

影片以红色调来极力渲染女主角笑笑。在中国文化里红色象征喜庆、美丽、吉祥、热烈、激情等文化内涵。在秦奋与笑笑的第一次见面中，影片展现的是一个唯美的红色的场面：红色的纱幔，红色的靠椅，红木的雕花门窗，一袭白衣的笑笑像一朵高贵典雅的百合花端坐在一圈红色的光晕中，红彤彤的色彩把天生丽质的笑笑衬托得美若天仙，把秦奋的眼睛都看直了。他唐突地问笑笑：“你给自己打多少分啊？”“六十分。”“我给你打九十分……我不是恭维你啊，从外表上说，你应该算是仙女那一级的了，条件特高吧？”热烈的红色点燃了秦奋心中爱美的激情，他对笑笑一见钟情。但得知笑笑心无诚意，只是一时糊涂约会他时，秦奋忍痛割爱。而此时此刻，红色的纱幔却为他逆流而上的求爱之旅暗暗地拉开了爱情的帷幕。无独有偶，征婚见面后笑笑主动邀请秦奋喝酒吃饭的茶座中的座椅也是红色调的——高高的软座靠背椅鲜红鲜红的。沉浸在这样喜庆热烈的氛围中，两个萍水相逢的人敞开了隐秘的心扉：笑笑道出自己爱上有妇之夫、婚姻遥遥无期的苦闷，秦奋道出自己曾欺骗随团翻译小白的感情，最后小白自杀、自己心怀内疚的痛苦……当秦奋这样一个闯荡江湖多年、刀枪不入的大男人在陌生人笑笑面前“嘤嘤”地哭泣流泪时，其实他就已经向她捧出了自己那颗最诚挚的丹心。

爱情是火红的、炽烈的，在刻画笑笑和老谢（方中信饰演）那段炽热而又无望的爱情时，影片仍然沉浸在一种红色的基调中。影片中老谢出场了四次，在这简短的四次出场中，他都被红色包裹着。第一次，冲突三方在飞机上的不期而遇充满了悬念，老谢夫人抱怨为何没能与丈夫坐在一起，空姐笑笑和颜悦色地回敬：“电脑里并不会显示你们是夫妻关系。”这话虽不温不火，却带着揶揄的火药味。极目望去，飞机上的座位是清一色的鲜红色，似乎是一个个暗含杀机的炸药包，坐在老谢夫人身边的秦奋及时让位才得以解围。但调换座位后的老谢并不领情，眼上蒙上黑色的眼罩，佯装睡觉不理睬夫人，他眼上的那一抹黑色在红色座位的映衬下格外扎眼，也为未来的生活蒙上了阴影。第二次是在杭州西溪的一条船上，秦奋应允笑笑冒充她的男朋友与老谢见面后，发现他们仍然深爱对方。他捅破实情大度地退出后，笑笑走到吧台要喝酒解闷，老谢前去劝阻，双方在激烈地撕扯着，这时老谢突然住了手，任凭笑笑“劈劈啪啪”地捶打他的肩。笑笑那天穿了一条鲜红色的有着花朵般参差不齐的裙摆的长裙，她捶打老谢时红色的裙子左右翻飞、上下起浮，像一朵在风雨中摇曳流泪的玫瑰，让人心痛、让人怜惜……老谢的第三、第四次出场是在北海道笑笑的回忆中出现的，电影插入了两段回叙。以回叙往事的手法，将笑笑与老谢热恋时的两组感情如胶似漆的往事以近镜头的方式推到读者面前：北海道的夕阳金中泛红，红得绚烂夺目，染红了天边，染红了水面。在如火的夕阳中，笑笑与老谢站在船舷边，他们十指相扣，相拥而立，幸福无比。梦幻般的夕阳染红了她飘逸的长发、映红了她如花的脸庞，点染了两个闪闪发光的红人。他们俩宛如两个炽热的火球在爱情的光环中纵情地乐、纵情地笑、纵情地燃烧……但炽热的感情会被现实燃烧成灰烬。当她与老谢躺在海边围廊里的草地上谈婚论嫁时，有家室的老谢只是以茫然的“嗯”来作答。穿着红色衣服的笑笑像一朵蓓蕾初绽的娇小玫瑰，在海风中她的花瓣是那么娇嫩，随时都可能在暴风雨中夭折……

红色是诗意的，红色是感性的；红色带着火的温度，同时又带着血的痛苦。在这几场由红色渲染的场景中，主要演员舒淇将色彩美和感情美演绎得很到位，在与葛优和方中信的对手戏中，她既演出了红色的热度——给人希望和力量的激情四射的爱情，又演出了红色的痛楚——被绝望撕碎的心灵。有人曾把温柔的刘若英与充满温情的康乃馨联系在一起，把具有高贵气质的张曼玉与纯净高雅的百合花联系在一起，把漂亮而性感的舒淇与最浪漫最诱人的玫瑰花联系在一起。在这部影片中，舒淇不仅以自己的美丽演出了红玫瑰花儿般的娇媚、高雅、情调和诱惑，而且她以自己的灵气演出了女性似水的柔情。她以出色的演技诠释了为什么她能在所有的征婚者中力压群芳、一枝独秀，成为男主人公心中的玫瑰……

但寻找心中的玫瑰的历程却充满了艰辛和坎坷。美人心有所属，他们之间隔着的是一片令人兴叹的汪洋。在冯小刚《非诚勿扰》的小说原著的封面中，作者就写了“逆流而上 道阻且长 所谓伊人”的解释性标题的字样。这句话出自《诗经》中《秦风 . 蒹葭》：“蒹葭苍苍，白露为霜。所谓伊人，在水一方。遡洄从之，道阻且长；遡游从之，宛在水中央。”（张梦机，2002）在电影宣传海报中，虽然没有出现这样的字样，但电影海报上“水”几乎充满了整个画面，在浩渺的碧波上一叶孤舟在荡漾，这样的画面给人无穷无尽的想象空间，海报中的英文题目“If You are the One”似乎暗示了《诗经》“所谓伊人，在水一方”的潜台词……

的确，“水”使这部影片充满了诗情画意，整部影片正是围绕“水”而移步换景的。在中国文化中，水不仅是生命之源，还是精神之源和文化之源。水，平静舒缓时，温婉柔情，具有阴柔之美，给人美感，让人遐思；汹涌澎湃时，一泻千里、势不可挡，让人惊恐。《非诚勿扰》以抒情的影片风格和唯美的画面语言，将镜头聚焦于“水”。影片中故事的发生地北京、海南、杭州、北海道都有水的镜头出现，“水”在影片中的主要作用是抒情、阻隔和融合。

水充满了诗意，水的抒情作用贯穿于整部影片。几乎男主人公的每一次征婚都在水边进行。第一次意想不到地与同性恋者（冯远征饰演）约会时，窗外的湖面水茫茫的一片，烘托了秦奋惆怅迷茫、若有所失的心境。在海南海口的一个游泳池边，秦奋与性冷淡者（车晓饰演）见面时，周围绿色的椰林、白色的太阳伞、蓝色的露天游泳池、悠扬的蝉鸣声都预示着一种圆满，但当女主人公伸出一个手指头并说出性生活的频率是“一年一次”时，画外传来游泳者“扑通”跳入水中的巨大声响，恰到好处地传达出了男主人公的震惊之情。与炒股女高手（胡可饰演）见面是在杭州的西湖边上，湖中荷花粉嫩娇艳，荷叶碧绿娇嫩，女股民一边玩计算机，一边与秦奋漫不经心的交谈，道出她征婚的心态只不过是想抄底玩玩秦奋这个跌破发行价的“剩男”，她幽默机智的话语让人会心一笑，但她对待异性的毫无诚意的心理不免让人担心：毕竟“花无百日红”啊，水中荷花的反衬作用不言而喻。将水的抒情作用推向极致的是充满诗情画意的杭州西溪湿地。在电影镜头中，这片罕见的次生态湿地尽显它的纯天然之美，人在铺着黛瓦的船中，仿佛是在一幅“梦里水乡”的油画中穿行：水道像一条条晶莹剔透的小青龙蜿蜒曲折；岸边葱茏的绿意既养眼又养心；远处的柳枝呈现出如雾似烟的灰绿色；岸边茂密的松柏铺天盖日，青翠如伞盖；湖岸低矮的小草密密麻麻呈现出嫩嫩的黄绿色；湖中的水草捷足先登，吸足了水分，清新碧绿……影片的镜头既精致又高雅，带着唯美气质的构图散发出纯美的气息，摄影师的取景让人叹为观止。这样的镜头具有极强的感染力和亲和力，在这样诗意栖息的水景里，灵感会像溪流“汩汩”而来，爱情会像蝴蝶翩翩而飞……

在拍摄水景时，默默无声的镜头总是含情脉脉，以悠长的远镜头、聚焦的近镜头和镜头的急剧切换抒发出无限的此时无声胜有声的情怀。在月光下的杭州西溪湿地，笑笑与老谢最后的道别场景温馨而又凄美。在远镜头中，墨绿色的树丛把水面分割成若干块银光粼粼的蓝色镜面，掌着黄色灯火的木船划过如镜的水面，黄色的灯柱垂直地投射水中，静谧、深邃而又幽远，像绝望的心湖深不可测。镜头缓缓推进，影影绰绰的树影在船桨“哗哗”的划动中变得如鬼魅般张牙舞爪，若有所思的老谢紧紧地把笑笑搂在胸前，笑笑脸颊的泪珠在月光下晶莹透亮，在亲密爱人的怀里她喃喃低语道：“我没有对不起你，我怎么会舍得惩罚你。你说要我等你三年，我等了。你不会要我的。但我会好好疼你，一直到我们说好的那一天。”忽然镜头急速地切换成了洋溢着异域风情的日本北海道：广袤的海面一望无垠，乌黑的悬崖耸立海边，尖顶的灯塔在岸边威严矗立，笑笑的画外音在幽幽回响：“我以为可以爱你一辈子的，没想到剩下的日子已经屈指可数了。”在有声的话语中，无声的镜头语言巧妙地暗示了笑笑自杀的悲剧归宿，让人不得不惊叹摄影师抒情的巧妙和匠心。

抒情的水，在影片中还起到了阻隔和相融的作用。笑笑和秦奋的寻爱之旅是一个寻求心灵和谐的过程，这是一个逆流而上的历程。有位佳人，宛在水中央，水在这儿起到了阻隔的作用。无论是北京漂浮着绿色水葫芦的后海，还是海口浪打浪的海边，或是泛着银色月光的杭州西溪湿地，或者是被夕阳染红的北海道的水面……水都无情地阻隔着他们的心灵。笑笑爱着老谢却婚姻无果，秦奋爱着笑笑却爱情无果，笑笑答应做秦奋的女朋友却灵魂游离，这种看似三角恋的伪情人关系把身在北海道度假的笑笑和秦奋折磨得身心疲惫。虽然如此，秦奋却放不下“毒药”般美丽但心眼实诚的笑笑。他长叹道：“毒药也得喝呀。别人折磨你，你又折磨我，这就是命中注定。孽缘呀！”秦奋的深情、善良和豁达使笑笑产生了报恩的心理。在海风吹拂、海浪滔滔的海边，笑笑头枕着秦奋的肩真诚地说：“想要我吗……今晚我是你的。”但秦奋沉思了许久说：“只这一夜我不要……你就让我犯一回傻吧。我爱上你了。”秦奋追求的是一种灵与肉的最完美、最长久的结合，而不是如烟花般瞬间绽放的激情。笑笑给不了他这样的爱情，横亘在他们中间的是一个爱的苦海，笑笑越挣扎，越被撕碎。原本笑笑期望秦奋打捞她的身体而放逐她的灵魂，但秦奋追求的是完整和完美，这就注定了女主角只能以毁灭自己的方式来寻求解脱。

在叙述水的融合作用时，镜头以悠悠缓缓、缄默不语的方式进行叙述。笑笑第一次在北海道泡温泉时，镜头是支离的，我们只看到全身浸泡在澡盆中的笑笑在凝神闭目地思索。镜头被拉长，在潺潺的水声中，水清澈如白练般地流过木槽，然后划着圆圈、打着旋涡流淌到她的沐浴盆里。水流到她的身上，却没有流到她的心里，第一次与水的亲密接触彼此还有隔阂，她还在思考、还在挣扎，希望得到救赎。但笑笑的第二次泡温泉，镜头中的画面就是完整无缺的了，赤着脚、以一个优美的背影步入露天温泉，在她融入温泉水的那一瞬间，水发出“哗哗”的声音，似愉快的欢呼声，水波一起一伏似心潮在激荡。

镜头展现的是近景与远景相互交叉的画面，扑闪着灵动的气息，使人想起了《红楼梦》中贾宝玉的那句“女儿是水做的骨肉”的名言来，她这次不仅仅是用身体，而是用心来拥抱水的亲密接触了。这是她在人世的最后一个夜晚，傍晚在海边她本想以这一夜的身体来回报秦奋的善良与诚意。此刻，林黛玉的“质本洁来还洁去”或许是她心境的最佳写照。山中的温泉洗去的不仅是她身上的尘埃，更涤去了她心中的尘埃，把她和观众带入了宁静悠远的境界。温泉旁嫩草萋萋，碧绿如新；古木参天，挺拔而立，生命就是这样一个脆弱而又坚韧的矛盾组合体。

水能载舟，水亦能覆舟。水有情，水亦无情。往事如烟，过去与现在、现实与梦想的巨大落差将痴情的笑笑推到了感情悬崖的边缘，她选择了水作为她生命的最后归宿。在晨曦中，她义无反顾地投向了大海的怀抱。她纵情地扑向大海，那姿势似乎不是跃向死亡，而是扑向新生。她在水中一分多钟的挣扎，镜头所叙述出的画面语言不是“凄凄惨惨戚戚”的，而是晶莹剔透、唯美浪漫的。虽然扑入海面的一瞬间镜头似乎被罩上了一层黑纱，但紧接着在水黑暗的深渊中腾起一个个亮晶晶的水珠，腾起一个漂来漂去的黑绿色的身影。丝丝黑发和围巾的白色蕾丝在水中飘逸；伸直的双手在无助地漂浮，丝毫没有求生的欲望；晶莹的水泡从她口鼻中一串串地吐出；绿色的夹克衫与绿色的水下植物相映成趣，似乎把她永恒成一个绿色的海底精灵……这些舒缓凄美的“死亡”特写展现的是凤凰涅槃，在烈火中重生，伴随着尚雯婕作词并演唱的法语歌曲：“对镜思 / 我对镜 / 独望 / 心却已远去 / 与你心重逢 / 远方湛蓝色天空里 / 一抹飞燕 / 是否她 / 也正思念爱人……”（非诚勿扰：电影原声大碟，2008）尚雯婕优美浑厚的声音和动听婉转的法语勾起了一种法国式的浪漫情怀……

爱情的火使人热情，现实的水使人冷静。一只金凤凰被爱情的烈火焚烧后在清冽的水中得以新生，路过的渔船发现并救了笑笑，带有悲剧色彩的喜剧以圆满告终。秦奋说："真是傻死了，甭管摔成什么样我都接着。"幸运的是秦奋在接住笑笑遍体鳞伤的身体时，也接住了一颗完整无损的心。当他不离不弃、精心侍奉在垂危的笑笑的病床旁时，植物人般的笑笑眼中滚落的那滴晶莹的泪珠就是她那颗高傲且高贵的心。当她从理想之峰跌落到现实之渊时，她便从绝望中寻到了希望。死了这一回，她对往昔恋人的心也就死了。出院后，伤痕累累、身缠绷带的笑笑打电话对曾经的他说："喂，是我……谢谢你曾经爱过我。我现在过得很幸福，因为我找到了一个可以愿意跟他过一辈子的人……"在泛着诚意光辉的感情之河中，爱情的桥梁让两颗徘徊的心得以重逢。逆流而上，秦奋和笑笑在血的洗礼中终于找寻到了心灵的和谐，找寻到了心中的玫瑰。在片尾中，"分歧终端机"再一次出现。这种首尾呼应式的手法再一次督促世人牢记："21世纪什么最贵——和谐！"心灵的和谐乃万物和谐的根本。

心灵故乡：来生酿造醇香玫瑰酒的地方

小说《廊桥遗梦》（*The Bridges of Madison County*）是罗伯特·詹姆斯·沃勒（Robert James Waller）的代表作，1992年该书在美国出版后，沃勒一举成名。1994年该书被美国著名导演克林特·伊斯特伍德（Clint Eastwood）搬上荧屏，同名电影获得巨大的成功。片中，导演克林特·伊斯特伍德饰演男主角罗伯特·金凯，梅丽尔·斯特里普（Meryl Streep）饰演女主角弗朗西斯卡·约翰逊。1995年中国首映此片，好评如潮。在情感的禁区中，作者和导演成功地引领观众去领悟“伟大激情”（great passion）中“真挚深情”（genuine and profound feelings）的内涵，让人们“在柔韧的境界”（the realm of gentleness）中去挖掘这份旷世之恋的亮度和深度（沃勒，2012：147）。

1. 亮

在四天短暂的相处中，两个不再年轻的中年人在彼此沧桑的眼中找到了真实的自我。这是一种敞亮的发现，被生活磨损的嗅觉、触觉、视觉、听觉和味觉被真爱唤醒。

当罗伯特在弗朗西斯卡的小白屋前停车，询问去廊桥的路时，俩人眼光对视的瞬间，某种沉睡的感觉便被唤醒。沃勒以细微的笔触在小说中描写了弗朗西斯卡的内心感受："他两眼直望着她，她感到自己体内有什么东西在跳动。那眼睛，那声音，那脸庞，那银发，还有他身体转动自如的方式，那是古老的、令人心荡神移、摄人魂魄的方式……"（沃勒，2012：32）影片里，梅丽尔以略带娇羞的眼神和些许慌乱的手部交叉动作，精彩地呈现出一颗在乡村沉寂多年的中年妇女的心，被某种神力推开一条缝的微妙过程。在她自告奋勇带路、回屋穿鞋的那个转身的瞬间，罗伯特的目光便也被粘住了：那粗布裙裾下摆动的臀部、那双自由舒展的赤脚……一股自然的原始味道向他袭来！

闻香识人，同味相吸。人与自然间、人与人之间有着某种特殊味道的吸引。车启动后，罗伯特拉开话匣的第一句话是："真是美妙的气味，这是衣阿华的独特之处……这是地里的一种气味，这是肥沃的，是……是生动的……真是美妙极了！"四处闯荡的摄影师罗伯特，被衣阿华农田里的气味所吸引，找到了心灵的归属地。用"味道"作为爱情的开门之笔，电影改编者非常智慧。位于美国中西部境内大平原地区的衣阿华州，有"美国粮仓"的美誉，其玉米产量在全美位居第一。在去廊桥的途中，路的两旁那一株株在八月的阳光下挺拔的玉米，那一块块熟透的玉米地仿佛是爱情的麦田。在爱的麦田里，他俩找寻到了彼此，不是苏格拉底让学生找的最大最好的麦穗，而是自己最心仪、最适合自己的麦穗。

爱情的味道不仅是大自然中纯朴的泥土味，也是廊桥边的野花散发出的淡雅之味。浪漫是一束花，送花的场景让女主角少女时代浪漫的梦苏醒。在廊桥畔，当罗伯特采了一束以蓝色花为主的野花送给弗朗西斯卡时，浪漫变得触手可摸。在廊桥四周，放眼望去，一片金色的暖色调花在阳光下盛开，但罗伯特选择了冷色调的蓝花，这是电影对原作高超而巧妙的呼应。沃勒在小说里曾这样写道："他（罗伯特）喜欢文字和形象，'蓝色'是他最喜欢的词之一。他喜欢在说这个词时嘴唇和舌头的感觉”（沃勒，2012：147）。当罗伯特把自己最心仪的颜色以花的形式送给弗朗西斯卡时，爱的涟漪便在彼此的心湖悄然泛起。影片中，当罗伯特献花表示谢意时，弗朗西斯卡恶作剧地开玩笑道：“……这花有毒！”罗伯特迅捷松开手中的花，当花落了一地时，笑声也撒了一地。弗朗西斯卡的笑声很有感染力，被捉弄的罗伯特也被逗得哈哈大笑，幸福像花儿一样在笑声的铃铛里恣意盛开。这时影片的背景音乐在阳光下轻柔地飘荡，浪漫带着一种轻松的气息在弥漫……

浪漫，是女人心中的一束花。这束蓝色的野花便成了连接两颗心的另一座廊桥。下车道别后，弗朗西斯卡又转过身，像花儿从酣睡中睁开梦的眼睛，她捧着花束羞涩地邀请罗伯特进屋喝冰茶，那种娇羞的魅力让人无法抵挡。在厨房里，当花儿被插进水杯、搁在餐桌上后，这束朴素的小花便散发着淡淡的清香，聆听着他们的心语。他俩相对而坐，隔着餐桌，隔着一束花的距离。镜头语言对这束花的描摹很细致微妙，小中见大、虚实结合的花的镜头与人物的内心刻画紧密相连。一开始聊家常时，花的镜头是写实的，让人似乎嗅到一股菜肴的香味、一种家的味道，让漂泊的心有一个具体的停泊港湾。而在聊到弗朗西斯卡丈夫的“干净”和她少女时的“梦”时，花的镜头是写意的，似梦似幻的蓝花在她脸颊旁晃动，有一种朦胧的模糊感，让人在揣摩中遐思。而当晚饭后鲜花盛开时，花又回到了实体的镜头。当罗伯特绘声绘色讲述他拍摄途中与母猩猩“订婚”的趣闻时，弗朗西斯卡掩面大笑、手舞足蹈。梅丽尔以高超的演技演出了女主角内心的狂喜，她以仰脖、抬手、拂面等动作演出了“咯咯咯”的欢笑。随后她又情不自禁地抬起裸露的双腿，在“哈哈哈哈”的狂笑声中几乎将腿伸过头顶又落下，这种前俯后仰的夸张动作让人惊叹，但它自然得不带一点修饰，如岩浆爆发，笑声的穿透力直达朵朵野花的花蕊。但这时的花束是静谧的写实镜头，它在浪漫中目睹女主角以原始自然的力量将隐藏在罗伯特身体里的那个生命一步一步地牵引出来，而伊斯特伍德则以一些抓耳挠腮、挠手臂的“小动作”精妙地演绎出了“怀春少年”般的青涩和羞赧……

当弗朗西斯卡穿着礼服裙，羞答答但光彩照人地出场时，爱情的玫瑰酒在这一刻酿出了醇香。罗伯特爱情的大门訇然打开，他终于确定了自己真实的爱，这些年四处漂泊的寻觅在这一刻凝固：他不仅找到了心灵的故乡，更找到了灵魂的归宿。在第四天离别前的晚上，他深情絮语道：“你知道吗，弗朗西斯卡，我为什么要做摄影师，跑遍整个天下，唯一的解释是为了来到这儿。我觉得我一生的努力好像就是为了一件事情，到你这儿来找你……”

2. 择

当双方一次次感受着灵与肉激情碰撞后的真爱时，却面临着去与留、爱情与责任的抉择。在矛盾的煎熬中弗朗西斯卡选择了家庭和责任。罗伯特的抉择是他选择了尊重，这样的抉择更伟大。他把所爱的人当作手心里的太阳，而自己甘当追光的向日葵。他不仅懂得爱，更尊重爱和爱人，他爱得很阳光，更爱得很无私。在续集《梦系廊桥》中，罗伯特在分离16年后故地重游，向廊桥做最后的告别，古老的廊桥再次让他确信——他对弗朗西斯卡的爱强烈如初：“对任何人来说，一生中能够得到一次伟大的爱情足矣。弗朗西斯卡曾是他的最爱，现在依然还是。”（沃勒，2002：161）伊斯特伍德以一种西部男子汉的牛仔气质演绎出了罗伯特这位“最后的牛仔”的大度与大气，他像一座爱情的高山巍然屹立，让人景仰。能得到这样一个铁汉柔情的人的心，弗朗西斯卡无疑是天底下最幸福的女人。

但爱情的美酒有甘甜的味道，也有苦涩的味道。去与留的抉择是揪心的，离别是撕心裂肺的。雨中离别把剧情推向了高潮：雨中的罗伯特站立成了一座雕像，泪水和雨水在交织，车外的“雨人”与车内的“泪人”，灵魂与灵魂在争斗……第一轮争斗过后，又迎来了第二轮更为激烈的争斗。失魂落魄的罗伯特把车停在十字路口，当红灯变为绿灯后他仍未启动车，他在等待……绿灯，这是人生的一个隐喻：与心上人比翼双飞、远走他乡。坐在丈夫开的后一辆车内的弗朗西斯卡理智与情感在猛烈交锋：铆足全身的力气打开车门把手，旋转……手在旋转……旋转……情感在旋转……旋转……理性在旋转……这种煎熬被梅丽尔演绎得让人纠结到骨髓，一只魔法之手攫住了观众的心……松开……一点点……攥紧……一点点……爱与理性在矛盾中撕扯，“嘟嘟”的喇叭声抽走了手腕之力，泪水哗哗，车里是泪，车外是雨，抬手一摸，观众自己的脸颊也湿漉漉的……这段高潮戏能如此强烈地打动人心，让观众情不自禁地共鸣流泪、产生身临其境的感觉，除了剧情和演技外，还与摄制有关。在拍摄中，导演伊斯特伍德为了让观众与影片有一种亲近感，特地选用遮幅（1.85:1）而非宽银幕（2.35:1）进行拍摄，摄影指导格林说：“……当看到遮幅画面时，观众则会觉得，影片和他们很亲近……”（皮兹罗，1996：92）的确，他们成功地做到了“近”，片里片外心理距离和精神距离的“近”，让这部影片成为美国百部经典名片之一。

在片中，“车把手”也是一个隐喻：分隔梦想与现实的一道坎。在冲动的考验中弗朗西斯卡没有跨出去，也不会跨出去，如果真要跨出去，四天中她有“N 次方”的机会，只需一抬脚。但现实的门槛太高，作为贤妻良母的她背负着家庭责任的大山，她被压得跨不出去，纵然抬起右脚迈入梦想的领地，她的左脚仍会留在永远的家里。“没人会明白。当女人结了婚，有了自己的孩子就……意味着，生活的起点，也意味着……终点。她必须操持，所有的家务。抛弃属于自己的生活……”刚见面时她在厨房里，给刚认识的罗伯特说过这番话，这是传统的她已为自己后面未知的抉择作了先兆的注解。

四天的相爱，二十四年的相思。当雨中的离别成为诀别，禁区的爱便升华成了伟大的爱。从母亲感人泪下的真爱故事里，迈克尔和卡罗琳兄妹找到了治疗困扰自己目前小家庭离异之苦的药方，他们像母亲一样选择了家庭与责任。同时，兄妹俩从最初坚决反对将母亲遗体火化，到最后尊重母亲的选择："希望你们读了日记能够理解我为什么要火化……我活着的时候属于这个家，但愿死了以后属于罗伯特！"影片末尾，亲情与爱情同时在回归中升华：迈克尔把母亲的骨灰抛洒在廊桥边，那飞飞扬扬的骨灰宛如相思的雨，飘飞、落下，去寻找已在廊桥下长眠的亲密爱人，在心灵故乡与他融为一体……

3. 结语

这是一段让人眼前一亮的真爱，点亮了梦想，点亮了生活，点亮了未来。这又是一段带着理智的恒久不变的爱情，四天灵与肉的交融，二十四年的思念与守望，在廊桥畔的爱情玉米地里，情的玫瑰发酵成了一坛醇香的玫瑰酒。伟大的爱情给心灵插上了梦想的翅膀：在心海的那边，有个神秘的地方——那是心灵的故乡，它一直在酿造爱的玫瑰酒，翘首盼望相爱的心穿越时空来团圆品香……今生，为亲情举杯！来世，为爱情干杯！

永恒到永远的玫瑰蓓蕾

欣赏着张艺谋导演的《山楂树之恋》，内心被爱之泉洗涤着、净化着……周冬雨演出了静秋的“纯”和“净”，窦骁演出了老三的“真”和“情”。正如原型静秋在为艾米的纪实性长篇小说《山楂树之恋》中写的后记所言：“我想，老三如果在天有灵，一定会感到欣慰，因为他的爱法和活法得到了这么多人的肯定，鼓励了这么多人珍惜身边人、珍惜平凡的生活。”（艾米，2009：331）影片在表现爱情的“纯”和“真”时，水、泪、血是三个贯穿影片始终的要素。

1. 纯

水，是《山楂树之恋》的一个主要情感载体，在静态或动态中以自己特有的方式传递着“纯”的情愫。片中第一个“水”的镜头是在村头的小石桥上，淳朴的村民在那里欢迎下乡的师生们。一幅流动的水、流动的情的乡村图画缓缓展开，整部影片弥漫在一种世外桃源的氛围中。在随后的镜头语言中，“水”便成了一条抒发“纯”的情感的主线。

首先，水的抒情作用自自然然、简简单单，为影片奠定了一种透明的情感基调。主人公静秋和老三的第一次见面被安排在山间的小河边：清澈的河水淙淙流淌，静秋隔水而立，对岸伫立着一顶顶绿色的帐篷……粗犷的男低音伴着悠扬的手风琴声，抑扬顿挫地从地质勘探队的帐篷飘出，静秋的心和观众的心在一瞬间像被磁铁吸住……歌声、琴声和水声交汇成天籁之音，让心灵轻舞、漫步云间，静秋在陶醉，观众在陶醉，屏住呼吸静静欣赏这种久违的美……相遇是如此美丽，在流水和琴声伴奏下的俄罗斯歌曲《山楂树》从朦胧变为真切，传入耳际："……啊，茂密的山楂树，/ 白花满树开放。/ 我们的山楂树啊，/ 它为何悲伤。"歌声与水声流淌进处女林地，倒映在水中的绿树在小虫的低鸣声中见证了一个爱的特写序曲：那颗躺在老三手里的大白兔奶糖，在含情脉脉中被静秋羞涩的手指小心翼翼地抓取，甜蜜在悄悄传递……在欢欢充满感染力的童稚笑声中，爱的蓓蕾在绿叶间不经意地探出了米粒般大小的头……

其次，水的抒情作用朦朦胧胧、干干净净。老三接回城的静秋返村途中，再次经过小河。月朦胧，山朦胧，人朦胧，月光自天庭倾泻，宛如浪漫的轻纱……在路边农家用餐时的暖意还布满周身，那盏豆油灯目睹了老三的体贴："肉，张嘴……"简单的语言，简单的动作，筷子上细小的肉丝被爱的文火炖成了佳肴。踩着石头过河时，静秋羞涩中连连后退，唯恐被老三牵手。怕静秋摔跤的老三则机智地用一根树枝阻隔俩人，这时镜头被拉远拉长，真实的影像和水中的影像交相辉映，月光下平静的水面映射出天上与人间最短的距离。水，不动声色地摄下了初恋前心与心渴望牵手时，中间隔着一层纱的朦胧之美。

再次，影片中以动态的水展现出恋爱者的激情、年轻人的朝气和青春期的悸动。当静秋误会老三有对象而不理睬他后，老三仍暗中让长林给静秋送去调养品。静秋生疑后，跟踪到渡河边，看到躲藏的老三。在感动中，静秋对着渡船呼喊，告诉长林口袋里有钱。听到声音，看到岸边突然出现的心上人，老三不假思索从开动的船上跳到水中，拼命蹚水"扑"向岸边，只为给日夜思念的人一叠湿漉漉的钱买球衣……老三这种不管不顾的痴情让心震撼，被划动的水声宛如热恋的心脏在强烈跳动。片中服装很到位，那天老三穿着绿军裤和蓝条海军衫，透出一股军人的阳刚气，把他劈波斩浪追求真爱的男子汉的勇气烘托得淋漓尽致，让人真切地感受到了爱情势不可挡的洪水般的力量。此外，爱神的突然降临让爱恋的心激动万分，急切地想要找到一个宣泄的渠道。夏日池塘便成为一个绝佳场所，池塘里游泳那场戏把人生中最炽热的朝气推向了极致。老三游泳时溅起的白色水花是心潮翻起的巨浪，把青春的心高高抛起。连静秋也被感染得瞬间褪掉羞涩，虽然她仍保守地在游泳衣外罩着老三的白衬衣，但在流动的生命之水的召唤下，她也尽情地用脚与恋人相互打水、欢快释放爱的滚滚熔岩……然而在火山爆发前，镜头戛然而止，给观众留下一段想象的空白……镜头快速跳到了疲惫的老三靠着静秋打盹的画面，此时眼前已是一片静止的水。从动到静，为主人公命运的悄然转变埋下了伏笔……

最后，影片中的水诉说着难言的惆怅和忧伤，无常的命运让流淌过真情的河床也同样默默地流淌着悲情……当住院的老三请假送别静秋时，他外表装出的平静难掩内心的惆怅，他已知这是一次诀别，但善良而坚强的他决意独自担当。这时，无言的水便替他诉说着内心的万语千言，水无声地传递出他伟大的人格魅力。这时的水，柔软中被赋予坚韧的力量，有抽刀断水水更流的离情别绪，但更多的是用长镜头将情感的空间无限拓展——离别时给爱人一个温馨的回想，让爱的翅膀在没有他的未来仍能轻松飞翔。于是，离别被安排在唯美的水边：两个知心恋人一步一回头地隔水相望，人，在两岸走；心，在一处留。平坦如镜的水面摄下了两个依依不舍的相知身影：两人隔岸同时做出拥抱的姿势，相拥爱人入怀，一生一世永不分离。这个拥抱的特写动作被倒影在水中，让人心醉与心碎……这时的镜头更多地聚焦于老三，他拥抱姿势的倒影与树的倒影凝固成了一幅油画：绿的水、绿的树、绿的油菜籽、绿的青春、白衣痴情男儿、拥抱状的手臂……岸上与水中，此情此景在静态中完美地一分为二，同时又自然地合二为一。这样纯净得不沾染一丝尘埃的画面，便永远地烙在了向往真爱之人的脑海，让心在泪眼婆娑中不断重温那年那月那日情到深处的情景……片里片外合为一个巨大的磁场，吸引再吸引，传递着纯爱的力量。“《山楂树之恋》纤尘不染，纯到极点，在异常凄美之余又给了我们真实的感动。”（魏蓓，2011：55）这就是《山楂树之恋》让人回味无穷的经典魅力所在……

2. 真

片中，“真”以“丹”为主线，首尾贯穿。丹，这种红彤彤的色彩在影片中被描摹为无形和有形的红色两部分。

无形的红主要体现在爱人的丹心上。老三的“爱法”让心温暖：换灯泡、送钢笔、买雨鞋、送核桃、换绷带……他的做法简单而纯粹，却又感人而无私。让人在感动中流泪。泪水便成了体现爱人间真心的另一个重要载体。

影片中最感人的泪水是在老三得知自己患绝症后，与心爱的人同床相拥而眠时，蒙在鼓里的静秋在老三的爱抚下流出的悲喜交加的泪水。那晚，在护士的小屋，静秋和衣而睡，身盖床单以忐忑的心情，静候亲密的恋人……影片道具的选择匠心独运，床单的隐喻作用在叙事中舒缓铺陈：以床单的轻、软、薄来反衬真爱的重、实、厚，洁白的床单仿佛薄如蚕翼，是一捅就破的纸，更是新婚之夜那层忠贞的膜。带着青春的躁动，老三的手在薄薄的床单下游弋于静秋的身体，从上到下缓缓滑动，静秋平静的心湖被石子搅动，甜蜜贮满双眼……但触电的瞬间唤醒了少女的矜持，床单外的手倏地抓住了床单下的手，对禁区的捍卫，一种女性的本能被演绎得淋漓尽致。但出人意料的是，静秋竟慢慢松手……在默许的信任中，老三的理智却在复苏，他快速抽出了床单下的手。抓手、松手、缩手三个特写镜头，既展现了人性自然的一面，又凸显了男主人公高尚的人格。在“得手”中“放手”，无声的镜头语言将爱推向了高潮。静秋带着疑惑，天真地问：“书上说男人与女人躺在一起就会怀孕，你是怕我怀孕吗？”身患白血病的老三坚定地答道：“将来你会怀孕的，你会有孩子，你会做妈妈，然后做奶奶，你会有子子孙孙的。”“那你呢？”“你活着，我就活着。要是你也死了，我就真的死了。听懂了吗？”听懂了，有心便有爱，有真情的心就能托起爱的永恒，这句经典的台词成为爱的宣言。老三在隐瞒病情中，无私地将恋人的贞操完整地留给了她未来的爱人，将自己短暂的生命托付给了恒久的真爱……老三的爱法让心灵震撼，不明真相的静秋，心也被深深打动，泪水的闸门轰然拉开，感动的泪珠一颗接一颗滚动于脸颊、脖颈，老三温柔地为恋人擦拭着泪水。月光下，泪珠是那么晶莹透亮，宛如一粒粒璀璨的钻石，爱的纯度将情的长度延伸至永远……

除了以泪水刻画无形的红，有形的红的刻画则主要体现在三个方面：时代的标记、鲜血以及开红花的山楂树。关于“文革”后期时代的红色印记，导演着墨不多，只是一笔带过，包括知识青年下乡时欢送的红花、红绸带、红旗、红标语、红脸蛋……以及静秋妈妈佩带的红像章。唯一浓墨重彩的是导演编排了一个《天大地大不如党的恩情大》的表演性舞蹈，在歌声和节律声中，影片快速展现标语和校旗，暗示红色时代背景下爱情空间的逼仄。

鲜血，是另外一种有形的红，是揭示影片主题必不可少的线索。从影片开始，老师就讲解了村头的那棵“英雄树”（山楂树）开红花的来历，因为无数抗日将士在树下牺牲，被烈士鲜血浇灌的白色山楂花越变越红，最后便开出奇特的红花。此外，在影片的转折部分，老三被查出患有“白血病”，这与他为逼静秋去就医，而在自己手腕上划一刀有某种关联。那血淋淋的伤口，是老三留下的“爱的记号”。他说，无论在哪，他只要一听到静秋的名字，就带着这个记号回来了。那天就医回来的路上，老三手缠绷带，但他却用自行车载着恋人，一路逗趣欢笑，在马路上纵情穿梭，青春的心快乐得要蹦出来。他们叫着、笑着、乐着、动着……让青春的能量在阳光下尽情释放，沸腾的热血似乎把天都要掀翻了。窦骁和周冬雨以精湛的车技和演技，把“青春”这个抽象的词语演绎得活灵活现。

但生活是矛盾的统一体，有波峰也有波谷，开红花的山楂树是贯穿影片的情感红线。一开篇，山楂树便被蒙上了神秘的面纱。到了片中，老三买了底部图案是红色山楂果的脸盆为静秋洗脚，摩挲着恋人伤痕累累的脚，老三在流泪，那红彤彤的山楂果宛如爱人的丹心。后来由于误会老三的不辞而别，静秋用糨糊把脸盆中的山楂果“糊”掉，误会澄清后静秋把糨糊洗掉，影片对细节的处理非常精细到位，微小的动作传递着复杂的情绪变化。最让人肝肠寸断的场面是老三弥留之际的诀别，静秋身着山楂红的衣服来到“失踪”多时的老三病床：“我是静秋……”她放声而哭。“我是静秋……”泪水在滚落。“我是静秋……我是静秋……我是静秋……”她呜呜大哭。“你不是答应我，听到我的名字，你就回来吗？我是静秋……我是静秋……”她哭得泪雨滂沱。“你看，你不是说我穿红衣服好看吗？我穿着它来了，穿着它来看你了。”她的哭声把生者的心一寸寸撕碎，却把弥留者的心一点点唤醒，“过了一会儿，她看见他闭上了眼睛，两滴泪从眼角滚了下来。两滴红色的、晶莹的泪”（艾米，2009：331）……

3. 结语

张艺谋导演的《山楂树之恋》拍摄得很成功，他用纯净的画面再现了“文革”末期一段纯真的恋情。他挑选的两个主要演员周冬雨和窦骁长得干干净净，他们的演技如出水芙蓉，表演得自然清新、不露痕迹。纯粹的人，纯粹的心，纯粹的爱……在呼唤真情的年代，这个纯情与悲情交织的初恋故事，在时间的长河中闪烁着纯美的爱情光芒，给渴望真爱的心田馈赠了一朵永恒到永远的玫瑰蓓蕾。

第四部分

冰心《繁星·春水》中的玫瑰风骨

玫瑰花的浓红
在我眼前照耀，
伸手摘将下来，
她却萎谢在我的襟上。

我的心低低的安慰我说：
“你隔绝了她和‘自然’的联结，
这浓红便归尘土；
青年人！
留意你枯燥的灵魂。”

冰心《繁星·春水》中玫瑰刺与玫瑰红的寓意

《繁星·春水》是著名女作家冰心（1900-1999）的早期作品，“冰心玫瑰”的风骨在她这部早期的作品里得到鲜明的表现。虽然《繁星》原载于1922年1月1日—1月26日的《晨报副镌》，《春水》原载于1922年3月21日—6月30的《晨报副镌》，但时隔近百年，冰心《繁星·春水》里“玫瑰”所蕴含的人生哲理仍具有现实的指导意义和审美价值。她对自然的讴歌，对美和爱的追求，对自尊自爱品格的修炼，在《繁星·春水》里的玫瑰、玫瑰刺、玫瑰红的意象中都有生动的诠释。尽管童年时代在烟台父亲的花园里和福州祖父的花园里，冰心都没有见过玫瑰花，但从《红楼梦》中，冰心知晓了这种“又红又香，无人不爱”的玫瑰。直到1918年冰心上大学后，她才亲眼看到了玫瑰，协和女大校园的玫瑰树让她震撼，坐在玫瑰花树下的草地上读书成了她的最爱。1919年冬，她在记录零碎的思想写作《繁星·春水》时，玫瑰的意象便如繁星般涌入她的笔端……

1. 玫瑰和玫瑰刺的寓意

在《繁星·春水》中，冰心在描写玫瑰和玫瑰刺时，对玫瑰刺着墨更多。而对玫瑰的描摹，诗人更多的是让玫瑰从侧面来烘托主题，以轻描淡写的方式让读者自己去揣摩小诗的主旨，耐人寻味。例如：

玫瑰开花了。
为着无聊的风，
小小的水边
竟不想再去了。
诗人的生涯
只终于寂寞么？
（《春水》一四二）（冰心，2011：203）

冰心以一句平铺直叙的“玫瑰开花了”开头，看似散淡地展开小诗，作者却思路急转，虽然玫瑰的美丽和芬芳呼唤着诗人出去赏花抒怀，但由于外面刮的风并非和畅的惠风，而是“无聊的风”，诗人便没有赏花的心绪，宁愿在屋里与寂寞为伴。从表层含义来看，似乎寂寞是诗人的特质，只有在默默地冥思苦想中好诗方能出炉。但从深层含义分析，冰心却让小诗隐含深意。冰心抛出问题：“难道诗人的生涯只终于寂寞吗？”聪慧的冰心让读者自己来思考并作答。很显然，答案是：“不仅仅如此！”寂寞，不能完全涵盖诗人写诗的特质。当美之花和爱之花——玫瑰盛开时，诗人应该置身于这种盛放过程中，去感受玫瑰的美丽和馨香，去感受大自然之美，而不能以“无聊的风”为借口闭门造车，让自己隔断与美之源的联系。由于玫瑰象征着美——美丽和美好，在玫瑰盛开的日子里，人更要有一颗发现美、讴歌美的匠心。泰戈尔曾在散文诗《我》中这样写道：“我望着玫瑰赞叹‘真美’，玫瑰分外艳丽”（泰戈尔，2001：430）。由此可见，在这首小诗里，玫瑰的意象看似平淡无奇，却让人展开想象与思索的羽翼……

《春水》中另一首带有“玫瑰”意象的小诗与这首小诗似乎形成了

一个首尾呼应：

> 微阴的阶上
> 只坐着自己——
> 绿叶呵！
> 玫瑰落尽，
> 诗人和你
> 一同感出寂寥了。
> （《春水》一七八）（冰心，2011：227）

“微阴”二字既点出了气温状况，又点出了季节的变化。这应该是一个夏末秋初的日子，季节已从暑转凉，在凉气初生的夏秋之交，夏天里最后一朵玫瑰都已凋落，玫瑰不再，但玫瑰的叶片依然郁郁葱葱，透过绿叶思念红花。玫瑰花的一抹红艳已成追忆，但在失去玫瑰的日子里，更显出了陪伴的可贵。看不见的玫瑰越凸显它存在的价值，玫瑰花宛如一个心有灵犀一点通的伴侣：它是绿叶生命的陪伴，也是诗人精神生活的陪伴。花开花落本是四季轮回的自然属性，虽然玫瑰来年复还生，但花的谢幕不免让人黯然神伤。玫瑰落尽的伤，于绿叶、于诗人是一种“寂寥”——一种无人陪伴、茕茕独立的孤寂感。特别是在阴气初生的时刻，玫瑰不单单是花落，而是落尽，“玫瑰落尽”，一个“尽”字道出了诗人寂寥心情的深度。与前一首小诗（《春水》一四二）相结合，读者和诗人都有所感悟：玫瑰落尽让我们懂得了什么是珍惜。因此，不要受无聊的风的干扰，珍惜每一个玫瑰花开的日子，珍惜人生若只如初见的奇妙感觉，珍惜生命中每一个细微的陪伴。

冰心善于借助玫瑰来传递自己微妙的心情，让读者感同身受，在情绪上与作者产生共鸣，获得一种真实的感染力。例如前面这首短诗，寥寥数笔，冰心用独坐台阶玫瑰落尽的画面，生动传神地勾勒出一种寂寥的心情，瞬间把读者也带入那种孤寂的心境中，让人掩卷后回味良久……几乎在写《春水》的同时，1922年5月18日，冰心写过一首关于玫瑰的独立的诗《玫瑰的荫下》："衣裳上，/书页上，/都闪烁着/叶底细碎的朝阳。//我折下一朵来，/等着——等着，/浓红的花瓣，/正好衬她雪白的衣裳。//冰凉的石阶上，坐着——坐着，/等她不来，/只闻见手里/玫瑰的幽香！"（冰心，2000：163）以玫瑰为意象，借助玫瑰的色彩和玫瑰的花香，冰心把诗人心情的转变：从浓浓的盼望到淡淡的失望，刻画得细腻真切。冰凉的石阶旁，玫瑰的荫下，空气中玫瑰花香氤氲，纵使花未送出，送花人心有所失，但也有一种"授人玫瑰，手有余香"的意境。透过短短的小诗，我们窥见了诗人那颗钟爱玫瑰的心和那份乐于与人分享美好的情。由此可见，冰心笔下的玫瑰不仅象征着美，更象征着陪伴和广博的爱……

在《繁星·春水》中，与对"玫瑰"的轻描淡写形成鲜明对比的是，冰心对"玫瑰刺"不吝笔墨，她把"玫瑰刺"放在一个正面的、主要的位置，进行浓墨重彩地精细描摹，例如：

> 小孩子！
> 你可以进我的园，
> 你不要摘我的花——
> 看玫瑰的刺儿，
> 刺伤了你的手。
> （《繁星》一五）（冰心，2011：29）

冰心以一种童趣般的口吻对调皮捣蛋的小孩子进行对话和谆谆训诫：小孩子啊，你可以进我的花园玩耍，但你绝不该采摘我园中的花。而顽皮好奇的你却摘了我的花，结果玫瑰的刺儿把你的手刺伤了，你这是咎由自取啊，玫瑰刺会让你幼小的心灵长记性呢。这是字面含义，冰心同时借大人对小孩子的训斥之口道出了深邃的人生哲理：做人做事，一定要有原则底线，不该触碰的高压线决不能去碰，否则会被生活中的“玫瑰刺”扎得鲜血淋漓。在这首小诗中，“玫瑰刺”的寓意是开放性的：它可以是一道警戒红线，安全地隔开审美者与美好事物之间的距离。它在警示人们：以一个安全的距离审美，美会有恒久的生命力，而近距离的采摘不仅会给美丽本身带来伤害，同时也会让妄图逾越这条红线、鲁莽对待美丽的人遭到被伤害的报应。另外，玫瑰刺也可以是刀、是剑、是戟、是枪刺……是以暴制暴的反抗武器和抵挡外力伤害的盾牌，它是美好事物的第一道防护屏障，宛如阵地前方或军事禁区前那些阻止敌人进攻或禁止外人靠近的铁蒺藜，它会让接近它的人付出血淋淋的惨痛代价。因此，在这首小诗里，与其说冰心是对“小孩子”进行训诫，还不如说她是在对世人进行“爱的教育”：距离的安全线让美更美，有些美的东西只能远而观之，不可近而触之。

在另外一首小诗里冰心以隐喻和拟人的手法对“玫瑰刺”进行了生动的呈现，不仅写出了玫瑰刺的“形”，更写出了玫瑰刺的“神”，使玫瑰花呈现出独特的个性，暗喻出人的品格与风骨：

> 玫瑰花的刺，
> 是攀摘的人的嗔恨，
> 是她自己的慰乐。
> （《繁星》三二）（冰心，2011：39）

在这首小诗里，透过玫瑰花的刺，我们仿佛看到了那身着一袭带刺罗衫的玫瑰的骄傲与娇美的神态。娇柔的玫瑰宛如一个哨兵，警惕性很高，时刻用坚硬的刺为武器保护外在的美丽，捍卫内在的尊严。玫瑰刺使玫瑰柔中带刚，增添了几分王者的风范，凸显出玫瑰高贵不凡的身段和卓尔不群的气质。小诗中两个词语“嗔恨”和“慰乐”用得非常传神，把玫瑰刺写活了，使玫瑰刺具有了人格化的特征。“嗔恨”中的“嗔”虽然含有发怒和生气的含义，但这里的嗔怒不是真正的恼怒，而暗含有似嗔非嗔、转嗔为喜的含义。攀摘的人可以是追求爱和追求美的人，但美和爱的获得不是一蹴而就的，需要历经一个艰辛的过程。经历千辛万苦后，获得的爱才是深沉的爱而不是浅薄的爱，这样的爱才更有价值，更值得尊敬。而“慰乐”更把玫瑰的心理描摹得活灵活现。只有受得了荆棘，耐得住等待的人，才配寻到真爱。因此，玫瑰刺是玫瑰的防身武器和考验爱的利器。泰戈尔曾说过：“让睁眼看着玫瑰花的人也看着它的刺。”（泰戈尔，2001：175）玫瑰花的刺赋予了玫瑰自尊与自爱的特质，美丽不容亵渎，使玫瑰天生具有不逆来顺受的性格和不亢不卑的傲骨。

冰心是一位具有玫瑰风骨的知名作家，她对玫瑰的酷爱，在中国作家中首屈一指。虽然与玫瑰相见很晚，在她18岁在大学校园里才真正亲眼见到了玫瑰这种有风骨的花，但也许这种对玫瑰的相见恨晚之情对《繁星·春水》的写作来说是一种幸事，在《繁星·春水》里所有歌咏的百花中，玫瑰是描写次数最多的花卉。上面这两首描写玫瑰花刺的小诗，以它的短小精悍和深邃的哲理成为小诗中的名篇。而“玫瑰落尽”的小诗所表达出的情感，把寂寥之情挖掘得很有味道……冰心一生对玫瑰情感浓烈；在她81岁时，还写了一篇散文《我和玫瑰花》，回顾了自己这一生对玫瑰的情与爱；1993年11月，在93岁高龄时，冰心在寓所里还留下手迹，写下了关于玫瑰的条幅：“我喜爱玫瑰花，因为她有坚硬的刺，浓艳淡香都掩不住她独特的风骨”（冰心，2002：1）。玫瑰刺使玫瑰拥有自己独特的风骨，这种风骨是傲骨，而不是媚骨，这种傲骨与媚骨的区别冰心在《繁星》（二四）中也有体现：“向日葵对那些未见过白莲的人，/ 承认他们是最好的朋友，/ 白莲出水了，/ 向日葵低下头了：/ 她亭亭的傲骨，/ 分别了自己”（冰心，2011：

35）。白莲出淤泥而不染的特质外化了白莲的风骨，同样玫瑰坚硬的刺也外化了玫瑰的风骨，他们的风骨象征着高洁的志向，是不同流合污的铮铮铁骨。拟人化的描写形神兼备，传递出冰心刚正不阿的气节和价值取向。

1999年冰心去世，在追悼会上，人们以赠送玫瑰花的独特方式来送别这位一生喜爱玫瑰的文坛巨匠。在2000年首届中国昆明国际花卉节上，法国有一种玫瑰新品种被命名为“冰心玫瑰”，这样的殊荣，对于有着玫瑰风骨的冰心而言当之无愧。“冰心玫瑰”承载着爱、承载着美、承载着冰心的风骨，成为世界玫瑰园中永恒的一员。爱永恒，美长存，冰心玫瑰永不凋谢！

2. 玫瑰红的寓意

冰心受泰戈尔影响很深，泰戈尔曾赋予红色爱的震撼力：“喧闹的春天，曾一度带着挥霍无度的欢笑进入我的生活；她的时辰里载满了眼前且逍遥的玫瑰，她还以阿肖卡树新生嫩叶的红彤彤的亲吻，使天空为之燃烧。”（泰戈尔，2001：198）这红彤彤的亲吻，燃烧着天空，更燃烧着心灵的天空，释放出无尽的爱的力量。具体到玫瑰，象征爱的玫瑰更是红得似火，灼热的暖色调给人生增添了爱的光辉。玫瑰红不含蓄羞涩，而是红得热烈奔放，红得轰轰烈烈，因此，玫瑰暖暖的红色有光与爱的寓意。在对春天的颂扬中，泰戈尔曾高度礼赞知音般的玫瑰红：“而你那红色的玫瑰花，又在它们灼灼燃烧的沉默里，囊括了我心里一切没有吐露的言语”（泰戈尔，2001：191）。热情的玫瑰，带着新鲜的奇迹，如知己一样闯入诗人的生活，却在灼热的盛放中默默无语。面对赏识的眼睛，如火的色彩已是千言万语。面对这样的知遇之恩，人们（特别是善良的冰心）不忍破坏哪怕是一丝丝自然界中的玫瑰红：

玫瑰花的浓红
在我眼前照耀，
伸手摘将下来，
她却萎谢在我的襟上。

我的心低低地安慰我说：
“你隔绝了她和‘自然’的联结，
这浓红便归尘土；
青年人！
留意你枯燥的灵魂。”
（《春水》七〇）（冰心，2011：159）

这首小诗也叫《修养》，原载于1922年3月18日《时事新报·学灯》（冰心，2000：153），冰心成功地借助玫瑰鲜红的色彩来阐述人生的道理。冰心以对话体的形式，从心灵与诗人的窃窃私语中，向读者特别是当年作者这样的青年人道出大自然乃生命和灵感的源泉，无边无涯的“自然”乃修养之源的人生道理。纵观《繁星·春水》，冰心一直认为“自然”是浩瀚无边的大海，不仅能滋润万物，还能给作家特别是诗人无尽的素材，要放眼世界，不能闭门造车，不能只从干巴巴的心怀汲取创作的素材和人生的养料，例如：“自然唤着说：/‘将你的笔尖儿/浸在我的海里罢！/人类的心怀太枯燥了’”（《春水》一四）（冰心，2011：129）。再例如：“诗人！/自然命令着你呢，/静下心潮/听它呼唤”（《春水》三一）（冰心，2011：137）。但冰心在呼吁青年留意枯燥的灵魂、提高修养时，没有进行枯燥地说教。为了阐述灵魂和修养需要自然雨露的浸润才不会干涸，才能源源不断地流淌出灵感与活力，冰心撷取玫瑰花为意象进行了直观而令人信服的生动解析。冰心将玫瑰花的色彩描绘得闪着生命的光芒。在她的眼中，在大自然中摇曳生姿的红玫瑰其色彩是“浓红”而不是“深红”，一个“浓”字赋予玫瑰动感，让人感到玫瑰色彩的红艳欲滴，玫瑰浓烈的红色扑面而来，一种勃勃的生机牢牢地锁住人的眼球。接着冰心用“照耀”来深化“浓红”，这种“照耀”一方面指灿烂的阳光普照玫瑰，让玫瑰红得闪亮，另一方面又指熠熠生辉的玫瑰本身发出强烈的光线照射着端详她的灵魂，将四射的活力向外传递。红色的玫瑰像一个熠熠的发光体，玫瑰红象征着光。但一个“摘”的残忍动作却阻断了玫瑰和大自然间、玫瑰和人的心灵间的光合作用，玫瑰“萎谢”于衣襟，这种枯萎是因缺乏水分而致的花瓣萎蔫。由此，玫瑰的干枯与灵魂的枯燥之间便形象化地架起了桥梁。由于失去了大自然的养料补给，更由于脱离了大自然的怀抱，不能自由和自然地生长，“这浓红便归尘土”。这样红颜薄命般的结局让人扼腕叹息，给人警示：红玫瑰，有它附丽的生存土壤——大自然，一旦隔绝了它与自然的联结，便切断了她的生命之源，她便香消玉殒、归于尘土，提前悲壮地完成了生命的轮回。由此可见，在这首短小精悍的小诗中，玫瑰红的寓意是大自然滋养下的活力无限的原生态生命，这样的生命状态朴实无华，是大自然毫无雕饰的原始杰作。当阳光下的玫瑰红暖暖地贮满青年人的心间时，这首小诗便诗意地完成了劝勉的使命：珍爱那自然盛放的玫瑰，珍爱那润泽生命的大自然宝库，切不可阻断二者生死相依的纯天然联系，否则灵魂会枯燥，修养会枯竭。

这种对大自然中的花卉的珍惜怜爱之情，在冰心的《繁星·春水》中随处可见，例如，在另外一首带有“玫瑰”意象的小诗中，冰心也流露出同样的怜爱之情：

谢谢你！
我的朋友！

这朵素心兰
请你自己戴着罢。
我又何忍辞谢她？
但无论是玫瑰
是香兰，
我都未曾放在发儿上。
（《春水》一四八）（冰心，2011：207）

众所周知，在中国的花文化中，花卉除了有观赏价值外还有装饰价值："早在汉代，女子戴花的风俗就已经出现，至唐宋则大盛。"（过常宝，黄偲奇，2013：5）在中国民间，妇女有将诸如茉莉花、素心花、白兰花等香花插于鬓边或佩戴于衣襟的民俗，观其美，闻其香，与香水有异曲同工之妙。在《繁星·春水》中，冰心对衣襟上戴花也有记述，如"只两朵昨夜襟上的玉兰，/ 便将晓风和朝阳 / 都深深地记在心里了"（《春水》一三三）（冰心，2011：197）。同时，摘下衣襟上的花相互赠别，襟上的花也代表着一种情谊："襟上摘下花儿来，/ 匆匆里 / 就算是别离的赠品罢！ // 马已到门前了，/ 要不是窗内听得她笑言，/ 错过也 / 又几时重见。"（《春水》一八一）（冰心，2011：229）可见冰心也是喜爱花美、喜爱花香的人，更是注重礼数情义的人。但是，即使对花儿情有独钟，当面对有着勃勃生命力的鲜花时，冰心还是下意识地不会让花儿枯萎于自己的发上。一方面是她没有将花儿插于发髻的习惯，另一方面则是一种发自内心的怜爱。在《春水》（一二一）中面对插在花瓶里的花儿，冰心也曾这样直抒胸臆过："这稚弱的生机，/ 请你怜悯罢"（《春水》一二一）（冰心，2011：191）。在这首小诗里，虽然冰心在别人用花表达心意时，客气地进行婉拒；但小诗中近乎直白的语言，却生动地体现诗人那颗质朴的爱花之心和善心：冰心爱一切有生命的东西，即使玫瑰是她的最爱，她也未曾将玫瑰戴在头发上，更别说素心兰了。情义无价，但冰心爱花自有爱花之道。

纵观冰心的一生，我们可以看出：冰心对花特别是玫瑰，不是单纯地喜欢，而是挚爱。有人曾以花设喻，生动地诠释“喜欢”与“爱”的区别：喜欢是摘花，爱是给花浇水。的确，爱花人舍不得摘花，舍不得阻断花儿与自然的联结，冰心就是从一个喜欢花的人成长为爱护花的人。1918年冰心进入协和女子大学读书后，在大学礼堂的廊前台阶两旁看到种着一行猩红的玫瑰，那“又红又香”的花朵让她倍感惊艳和震撼。冰心曾这样描写道：“我们同学们都爱摘下一朵含苞的花蕊，插在鬓上。”（浦漫汀，2007：115）但是冰心在写《繁星·春水》时已显露出很浓重的惜花、护花的情愫，从小诗中淡淡的一句“但无论是玫瑰是香兰，我都未曾放在发儿上”，我们窥见了冰心那颗温和平实的素心……

虽然对玫瑰情有独钟，喜爱有加，但是冰心对“玫瑰红”的描写却不偏不倚，带着辩证的色彩。她没有将玫瑰红置于一个至高无上的位置，而是在带着形象化的描述中，引领读者进行思辨，领悟一定的人生道理：

> 天上的玫瑰，
> 红到梦魂里；
> 天上的松枝，
> 青到梦魂里；
> 天上的文字，
> 却写不到梦魂里。
> （《繁星》一二三）（冰心，2011：91）

冰心认为，表层的东西可以虚幻地进入梦中的魂魄，可唾手可得，但深层的东西却可望而不可即，不付出艰辛的努力，就无法得其精髓。

在这首小诗中，玫瑰红和松枝青这两种色彩象征的是表面的、肤浅的东西，因为色彩是直观的，不需要任何加工就可以被视觉直接接受，在梦境中呈现其色彩。“天上的文字”象征的是深层、意蕴丰厚的东西，有着开放性的含义。文字的落笔和排列组合需要提炼、沉淀、思索、组织、加工，方能下笔成章，故文字有其丰富的内涵，它可以是描写玫瑰的爱与美、松柏的坚与贞，甚至可以是“天书”：天上神仙写的书或信，难以辨认的文字或难懂的文章，或古代帝王的诏书等，如不练就一双火眼金睛，不经历一番寒霜苦练，靠做白日梦是无法写就与解析文字、是无法梦想成真的。这首小诗言简意深，是一首意境悠远、耐人咀嚼的哲理诗。与绿意盎然的松柏形成鲜明对比的“玫瑰红”带着一种红似烟霞的、天上人间相互交织的梦幻色彩，将“天上的玫瑰”这一瑰丽的景象如梦魂萦绕于读者的脑海，让一代代读者发挥各自的想象力，在自己的精神世界里去构筑那灿若红霞、瑰奇神秘的“天上的玫瑰”……

对意象的撷取，看似微小不经意，但冰心文字中流淌出的情韵却很耐人品味。除了用玫瑰和松枝描摹出“红到梦魂里”“青到梦魂里”的意境，冰心也用“兰花”描摹出“气息绕到梦魂里”的意境，例如：“夏之夜，/ 凉风起了！ / 襟上兰花气息，/ 绕到梦魂深处。”（《繁星》一三八）（冰心，2011：101）

除了“玫瑰红”，在《繁星·春水》中冰心不吝惜对“红”进行多方位的描绘，再搭配其他的色彩，写得和谐传神，例如，红艳的春花：“沉寂的渊底，/ 却照着 / 永远红艳的春花”（《春水》六九）；“深红的果儿”（《繁星》一〇）；小弟弟“绯红的笑颊”（《繁星》八三）；明月下“粉红的莲花”（《繁星》一三四）；柔曼歌声中的“青松枝，红灯彩”（《繁星》一六二）；“水里的红莲”（《春水》一三）；“红墙衰草上的夕阳”（《春水》一七）；“江上点点的红灯”（《春水》三二）；“秋深了！ / 树叶儿穿上红衣了”（《春水》三八）；“血珠鲜红 / 泪珠晶白”（《春水》

八四）；“偶尔后顾红墙 / 前瞻黄瓦”（《春水》八六）；“两行的红烛燃起来了——堂下花荫里 / 隐着浅红的夹衣”（《春水》一一五）；“明灯下，/ 笑声里，/ 脸颊都晕红了！”（《春水》一二〇）……红色很喜庆，暖色调的红色让生命充盈，盈盈的生命力让人间充满了喜悦、希望与活力。

3. 结语

冰心在《繁星·春水》里成功地以“玫瑰”为意象咏物抒怀，以玫瑰花隐喻美好、美丽和爱的陪伴，以玫瑰花的刺隐喻傲骨和高贵的人格，以玫瑰红艳的色彩让读者去构筑一个红彤彤的带着修养光芒的精神世界。在爱与美的百花园中，冰心不惜对玫瑰刺和玫瑰红浓墨重彩，让带刺的红玫瑰力压群芳，在童真、母爱和自然美的主题中进一步深化了人类真、善、美的积极情感，同时也真切地描摹出寂寥、怜爱之情……有爱的养料的润泽，冰心《繁星·春水》中的“玫瑰”在心灵百花园中悄然盛开，给一代代读者润物细无声的久远滋养。愿每个人都戴上玫瑰色的眼镜，像冰心先生那样积极乐观地生活一个世纪，玫瑰有刺才是玫瑰……

冰心《繁星·春水》中小花的深意

《繁星·春水》是20世纪著名诗人、翻译家、作家、儿童文学家冰心（1900-1999）的代表作，其中《繁星》164首，《春水》182首，一共346首，均为无标题的自由体小诗。这是冰心于20世纪20年代初出版的最早的两本诗集，经过近百年时间的洗礼，这两本诗集中的小诗仍如天上的繁星，一直闪烁在岁月的星空；仍如希望的春水，汩汩流淌，永不干涸，成为小诗中的经典名篇。

冰心的笔触隽永清雅，语言清新明丽，她将凝练精美的文言文和明晰流畅的白话文有机结合，独创出“冰心体”语言。她心地善良，情感细腻，善于捕捉瞬间的感受和刻画细微的事物，自然表露情感，让笔端的文字浑然天成。她的小诗在情理交融中有一种本色的自然美。滴水知海，欣赏冰心小诗的读者往往有一种以小见大，见微知著的柔美感悟。冰心曾这样评说自己对于“小”的概念：“在平凡的小小的事物上，我仍宝贵着自己的一方园地。我要栽下平凡的小小的花，给平凡的小小的人看。”（冰心，1986：251）在《繁星·春水》中冰心无数次以“小花”为意象，赋予小花以深邃的内涵。

1. 母爱与神的恩慈

冰心笔下的小小花儿，既有灵气又有思想：

小小的花，
也想抬起头来，
感谢春光的爱——
然而深厚的恩慈，
反使她终于沉默。
母亲呵！
你是那春光么？
（《繁星》一〇二）（冰心，2011：79）

冰心运用拟人的手法，以孩童的口吻，赋予“小小的花”纯真的情感。将天真无邪的“小小孩”比拟为“小小的花”，形象生动，充满童趣。躺在妈妈温暖的怀抱中熟睡的小婴儿睁开了明亮的小眼，宛如沐浴在和煦春光中的小花儿绽开了笑脸，欲抬头感谢这醉人的春日暖意，但弥漫周身的暖流既深又厚，紧密相连，没有缝隙。爱的春光和受恩泽的花儿无缝衔接，连为一体，无须多言，只需静静地付出、接纳与体验。冰心以细腻的笔调刻画了母爱的宽广无私和孩儿对慈母的拳拳眷恋。冰心用凝练的语言展示出母爱的双重内涵：母亲的默默奉献和孩儿的默默感恩，爱到深处已无言。这双向的爱，循环往复，抵达亲情世界中最自然、最默契的境界。一朵小花，一片春光，一个和谐的世界。

此外，从深层次来分析，这首诗中“小小的花”也是诗人自身的写照。在这首小诗中，冰心在讴歌母爱时流露出一种“不能言说”的思想，为何在“深厚的恩慈”中小小花反而沉默？这可以从冰心其他的小诗中获得一些启迪，寻到答案：“春何曾说话呢？/但她那伟大潜隐的力量，/已这般的/温柔了世界了！”（《春水》四三）（冰心，2011：143）“沉默着罢！/在这无穷的世界上，/弱小的我/原只当微

笑 / 不应放言。”（《春水》一三七）（冰心，2011：201）“海洋将心情深深的分断了——/ 十字架下的婴儿呵！ / 隔着清波 / 只能有泛泛的微笑么。”（《春水》一二八）（冰心，2011：195）沉默着的春天隐藏着温暖世界的巨大力量，沧海一粟的自己对无穷的天地应知足微笑，波光粼粼的海面对背负着使命的天使泛起笑靥……由此可见，春光的爱不仅仅是母爱，也是天地沧海的大爱和神的慈爱。我们知道，冰心曾于1914年就读于教会学校北京贝满女子中学，1918年毕业后进入协和女子大学学习。冰心接受了长达八年的教会学校教育，基督教义已潜移默化地渗入了她的思想，基督教的信仰对她的创作特别是早期的诗歌创作产生了很大的影响。冰心自己也认为，因着基督教义的影响，潜隐地形成了她的爱的哲学。因此在这首小诗里，小小花为何对“深厚的恩慈”沉默不语，实际上“不能言说的是神的慈爱与大能；难以言说的是造物主的奥秘深思”（孟贵蕴，2001：46）。

在另一首小诗里，冰心更为明显地将母爱与神的慈爱融为一体，她以虔诚的口吻对“造物者”——上帝祈求道：“造物者——/ 倘若在永久的生命中 / 只容有一次极乐的应许。/ 我要至诚地求着：/ ‘我在母亲的怀里，/ 母亲在小舟里，/ 小舟在月明的大海里’”《春水 · 一〇五》（冰心，2011：181）。这是一首情与景高度融合的小诗，冰心以轻盈的笔调，成功地将她《繁星 · 春水》中的三大主题——母爱、童真和自然完美地糅合在一起。冰心宛如一名高级的摄像师，将爱的镜头层层推进，为我们摄下了一帧动感的经典母爱照片：在泛着月光的爱之海上，慈祥的母亲怀抱着爱女在神光普照下泛舟，大海依偎着宇宙，小舟依偎着大海，母亲依偎着小舟，孩儿依偎着母亲……这层层递进的亲密偎依让心感动，因为它是冰心“永久生命中”如果造物者“只容有一次极乐的应许”的唯一心愿啊！这幅天人合一的母爱照片让人神往，朦胧中我们眼前仿佛闪现另一个场景：沐浴着圣光，圣母玛利亚将耶稣基督亲密地抱在怀里……

冰心一直认为母亲的怀抱是爱的极乐港湾，是灵魂的安顿之所，她曾这样炽烈地讴歌母爱："母亲呵！ / 撇开你的忧愁，/ 容我沉酣在你的怀里，/ 只有你是我灵魂的安顿。"（《繁星》三三）（冰心，2011：39）"母亲呵！/ 天上的风雨来了，/ 鸟儿躲到它的巢里；/ 心中的风雨来了，/ 我只躲到你的怀里"（《繁星》一五九）（冰心，2011：111）。在冰心的眼中母爱有一种伟力，而母亲的怀抱是伟力的发源地。冰心把母爱奉为无与伦比的瑰宝，她甚至认为：是母亲成功地孕育了《繁星·春水》这组小诗："母亲啊！ / 这零碎的篇儿，/ 你能看一看么？ / 这些字，/ 在没有我以前，/ 已隐藏在你的心怀里"（《繁星》一二〇）（冰心，2011：89）。

母爱，是冰心爱的哲学的基础。而那朵在春光中沉思冥想的小小花便是世间最纯真的感恩的心，微小却博大。

2. 军心与悲悯之情

幸运的冰心生活在一个其乐融融的小家庭，她有柔情似水的慈母，情同手足的三个小弟弟，更有舐犊情深的严父。受军人父亲伟岸的精神力量的影响，冰心以一颗博爱的心，把"小家"里的爱播撒到更为广阔的"大家"里，她有一颗爱军的心，她写下了另一朵善之花：一朵流淌着军人奉献热血的战场上的小花——

战场上的小花呵！
赞美你最深的爱！
冒险的开在枪林弹雨中，
慰藉了新骨。
（《春水》一七六）（冰心，2011：225）

战场上的小花是一朵实体的花儿，它顶着弹雨的呼啸，冒着被枪弹拦腰斩断的危险，不惧铁蹄的蹂躏，不畏炮火的炙烤……勇敢地在血雨腥风中探出自己的小脑袋，与冷酷的战场环境抗争。这朵“冒险的开在枪林弹雨中”的小花是一朵勇敢的花，“冒险”二字刻画出战场上的小花那颗勇敢的心，让人油然而生敬意。战争无情，小花有情，它挺起羸弱的身子骨，以“最深的爱”陪伴着牺牲者。它“慰藉了新骨”，“新骨”二字让人有一种剜心的痛，战斗的惨烈让人痛恨战争，痛恨战争的残酷。

战场上的小花亦是一朵虚拟的花儿，它是冰心人格的一个体现，是一朵仁爱之花，更是一颗善良的心。冰心以这朵战场上的小花折射出人性中最美好的品质——仁爱。它是冰心在冰冷的现实中燃起的温暖的灯盏，内心深处那份最善良的情怀，驱使这朵有着一颗勇敢的心的小花，将自身的生死置之度外，在冷冰冰的战场盛开，捧出自己的一副热心肠。以暖暖的悲悯之情来安抚破碎的心、抚慰战火烙下的伤痛、无声陪伴抛尸荒野的白骨。这朵善良的小花在慰藉死者的同时，也在呼唤良善，呼吁和平……

冰心出生于军人家庭，其父谢葆璋年轻时是威远舰上的枪炮二副，曾参加过中日甲午海战。作为被击沉的威远舰上的一名幸存者，他对中日甲午海战的惨烈和战败的结局有着深入骨髓的痛。爱女冰心出生后，作为海军将领的他一直让女儿着男装到十岁，将冰心打扮成一个英武的小军人，培养她刚强的性格，在她幼小的心灵播下爱国的种子。由于冰心从小生活在海军军营的军队环境中，在父亲强烈的忧国之心和炽热的报国之情的熏陶下，她耳濡目染了军人的坚毅和刚强，冰心对和平和对军人的理解更深刻、更透彻。1942年冰心曾在《我的童年》一文中总结出自身性格的五个特点，在第五个特点中她描述道：“第五是我一生对于军人普遍的尊敬，军人在我心中是高尚、勇敢、纪律的结晶。关系军队的一切，我也都感兴趣。”（冰心，2013：271）冰心对以自己父亲为代表的军人充满了敬意，在《繁星·春水》中她屡次这样描写过她所敬仰的军人父亲："父亲呵！ / 出来坐在月明里，/ 我要听你说你的海。"(《繁星》七五)(冰心，2011：63)"父亲呵！ / 我愿意我的心，/ 像你的佩刀，/ 这般的寒生秋水！"(《繁星》八五)(冰心，2011：67)"澎湃的海涛，/ 沉黑的山影——/ 夜已深了，/ 不出去罢。/ 看呵！ / 一星灯火里，/ 军人的父亲，/ 独立在旗台上。"(《繁星》一二八)(冰心，2011：93)"父亲呵！ / 我怎样的爱你，/ 也怎样爱你的海"(《繁星》一一三)(冰心，2011：85)。冰心对父亲的爱，总与海紧密相连；爱父亲也爱父亲的海，这样的爱已超越了亲情之爱。爱父亲的海，即理解了父亲之海的深刻内涵和军人父亲那腔甘洒热血为救国的军人豪情。

冰心一生中曾写作过一系列反映军人生活特别是普通士兵生活的作品，也写过一系列反对军阀混战的作品。"冰心对那些为了一己的私利，而制造战争，蛊惑人们相互残杀的封建军阀，充满了憎恨的感情；而对那些在混战之中受到伤害和遭遇痛苦的军人，则是充满了善意的同情"(肖凤，2013：121)。由此可见，冰心那朵战场上的小花是一朵仁爱之花，也是一朵悲悯之花。冰心有一颗悲天悯人的心，她在其他小诗里也表达了同样的思想，例如："为着断送百万生灵 / 不绝的炮声，/ 严静的夜里，/ 凄然的将捉在手里的灯蛾 / 放到窗外去了。"(《春水》一七〇)(冰心，2011：221)冰心运用对比的手法，以隆隆的炮声和小小的飞蛾为意象，大炮轰鸣让神州大地萧条、百万生灵涂炭，而一颗慈悲的心却将扑火的灯蛾放生窗外。在"凄然"中冰心以强烈的对比，刻画了自己的反战情绪和悲悯情怀。

3. 爱自然与开放之心

冰心有一双善于发现美的眼睛，她对大自然充满了敬意和深厚的爱。对广袤的大自然，她怀着一颗崇敬的心，对构成这一和谐世界的微小个体纵情高歌、高声礼赞，她喜欢以“小”来称谓这些大自然的奇妙组成部分，如小草（《春水》五三；一一六）、小松树（《春水》四一）、小蜘蛛（《春水》五七）、小虫儿（《春水》一〇四）、小麻雀（《春水》一一一）、小弟弟（《繁星》四；八三；一六二）、小妹妹（《春水》二九）、小孩子（《繁星》一五；三五）、小溪（《春水》一七九）、小河（《春水》五）、小岛（《春水》二四）、小道（《春水》一六三）、小桨（《春水》一五四）、小舟（《春水》一〇五）、小茅棚（《繁星》一一七）、小牧童（《春水》一五三）、小“心”（《繁星》五九），等等。她还喜欢以童言的叠音“小小”来表达一种纯净的童真，如小小的灵魂（《春水》一五四）、小小的果儿（《春水》一五五）、小小的命运（《繁星》一四〇）、小小的水边（《春水》一四二）、小小的鸟（《繁星》一五四），等等。她还运用优雅变体，在“小”前面加上各种形容词，使“小”富于生命力。如极小的刺果（《繁星》三六）、微小的人类（《春水》一三一）、弱小的我（《春水》一三七）、可怜的微小的人（《繁星》二六）、弱小的草（《繁星》四八）、细小的泥沙（《繁星》三四），等等。冰心在小诗里运用了诸多的“小”，一方面显示了她如成熟的稻谷般低首谦逊，对大自然怀有一颗虔诚的敬畏之心；另一方面，她让读者触摸到了一颗颗童心，以小见大，一草一天地，小词汇大道理。冰心喜欢花，特别对“小花”情有独钟，赋予小花以摇曳的灵性：

冰雪里的梅花呵！
你占了春先了。

看遍地的小花
随着你零星开放。
（《春水》一八）（冰心，2011：131）

在讴歌梅花高洁的品质时，冰心也不忘赞美容易被人忽略的小花。“遍地的小花”给人视觉强大的冲击力，踏着梅花的足迹，被冰雪覆盖的小花似乎从冬眠中睁开了惺忪的睡眼，给人星星点灯的暖意。初春的寒气被遍野零星开放的小花慢慢驱走，一朵朵小花宛如一场场“润物细无声”的春雨，悄悄地拱破初春的寒衣，在寒风中绽开小小的笑脸。小花儿以强大的生命力承继了开百花之先的梅花的风骨，悄无声息地洒香播绿……

冰心有着奇妙的想象力，爱自然的她由于从小生活在烟台海边，“大海，陶冶了小冰心的性灵，丰富了小冰心的想象力，后来，又赋予了冰心创作的灵感”（肖凤，2013：20）。除了自然界中浩瀚的大海，冰心的心中还有一个柔情的“春海”：

柳条儿削成小桨，
莲瓣儿做了扁舟——
容宇宙中小小的灵魂，
轻柔地泛在春海里。
（《春水》一五四）（冰心，2011：211）

“冰心的海，具有女性的温柔和圣洁，这是一种可以洗涤人们内心污垢的美。”（肖凤，2013：3）冰心充满童趣地把“莲瓣”想象为“扁舟”，一瓣小小的莲花被她赋予了别样的使命：承载着莲瓣里那“小小的灵魂”在春海里轻柔地荡漾，惬意而美妙，生活多么美好！冰心善于以“小”喻“大”，以柳条儿的小桨、莲瓣儿的小舟、宇宙里的小小的灵魂、泛着涟漪的春海……为我们描摹了一个灵魂诗意的栖息地。愿每个人的心中都有这样一个飘荡着“莲瓣”扁舟的充满诗意的“冰心的春海”！

冰心不仅有一双慧眼，更有一颗慧心。她敏锐的目光能捕捉到遍野的不起眼的小花，她敏感的爱心亦能参透幽暗中的小小的灵魂：

洞谷里的小花
无力的开了，
又无力的谢了。
便是未曾领略过春光呵，
却也应晓得！
（《春水》一三六）（冰心，2011：201）

冰心以白描的手法刻画了“洞谷里的小花”：身处洞谷中的小花，由于沐浴不到阳光，在“无力”地盛开和“无力”地凋谢。然而，虽然享受不到春光的恩泽，它们却也应能够察觉到洞外春光的美妙。此处的“春光”也有深刻的内涵，它不仅指自然界的阳光雨露，也暗指大千世界里神的恩泽。在此，“洞谷里的小花”也可指代弱小的生命和社会中的弱势群体。冰心在另外一首小诗中这样写道：“我只是一个弱者！ / 光明的十字架 / 容我背上罢，/ 我要抛弃了性天里 / 暗淡的星辰”（《春水》二六）（冰心，2011：135）。这两首诗在一定程度上可互为补充。受神的指引，弱者的我，如“洞谷里的小花”亦可肩负变黑暗为光明的使命。因此，弱者一旦知晓了洞外的春光，就应积蓄力量，冲破阻力。在另外一首小诗中，冰心惟妙惟肖地描写了这种冲破阻力的精彩过程：“阳光穿进石隙里，/ 和极小的刺果说：/‘借我的力量伸出头来罢，/ 解放了你幽囚的自己！’// 树干儿穿出来了，/ 坚固的盘石，/ 裂成两半了”（《繁星》三六）（冰心，2011：41）。无私的阳光给予“极小的刺果”爱的力量和自信的勇气。结果，自信心以强大的爆发力如海浪般排山倒海，滚滚而来，让弱者和悲观者心灵震撼，信心冲天。

爱自然是冰心的天性，也让冰心的作品呈现出“清水出芙蓉，天然去雕饰”的自然美。爱自然，让冰心的小诗自然清新，抒情与说理宛如山间的小溪潺潺流淌进渴望爱的心田……冰心曾在一首小诗里动情地写道：“小松树，/ 容我伴你罢，/ 山上白云深了”（《春水》四一）（冰心，2011：141）。让我们和冰心一起陪伴白云深处的小松树吧，她生长在冰心的心中，也繁盛在一代一代热爱冰心文字的读者心中。小松树四季常青，以绿意唤醒我们对大自然小花小草的爱护。

4. 结语

冰心《繁星·春水》中的“小花”不仅是美丽的小花，更是智慧的小花。透过一朵朵稚嫩的小花，我们感受到一颗颗纯真的童心，触摸到人性中的真、善、美。冰心的小花儿带着冰心的温度，有暖暖的母爱、神的慈爱、军心的博爱、悲悯的情怀和大自然的生机……每一片花瓣都带着冰心的优雅风度，每一缕花香都散发出冰心的善良气息，每一丝花蕊都在诉说对春光无边的爱。一朵小花，一个爱的天堂！

冰心《繁星·春水》中的哲理之花

冰心（1900-1999）的名作《繁星·春水》奠定了其在诗坛的地位，开创了新诗“小诗”的诗风，使冰心成为“小诗派”的代表人物之一。冰心的《繁星·春水》是无标题的格言式自由体小诗，格言的特征奠定了其思想性的特点，故哲理性是《繁星·春水》的一大亮点。由于受泰戈尔《飞鸟集》的影响，冰心在《繁星·春水》中汲取了泰戈尔哲理小诗的精华。在意象的撷取中，冰心以“花”或“果”为其哲理诗的主要意象，展现了一种被理性环绕的阴柔之美。

1. 花果一体的哲理

冰心在《繁星·春水》中特别钟爱将“花”和“果”一体进行描述。她常以花与果为其哲理的骨干，以丰富的想象力、缜密的思维和优美的诗情为枝叶，让我们的思想之树在其哲思魔棒的指挥下，开出神奇的哲理之花和结出奇妙的哲理之果。

她曾以花、芽、果的意象对自己进行自勉，也对同龄人进行勉励：“嫩绿的芽儿,/ 和青年说：/‘发展你自己！’// 淡白的花儿,/ 和青年说：/‘贡献你自己！’// 深红的果儿，/ 和青年说：/‘牺牲你自己！’（《繁星》一〇）”（冰心，2011：27）这首哲理小诗带着明显的劝诫性，但冰心巧妙地将“形”与“理”融为一体，运用拟人的手法，借三张可爱的植物之口——芽儿的嘴巴、花儿的嘴巴和果儿嘴巴形象地道出了“发展”、“贡献”与“牺牲”的深刻内蕴。花、芽、果以资深长者的形象对青年人循循善诱，动之以情，晓之以理，可敬而令人信服。这样的“形”说出的话，每一句都带着惊叹号，让人不容置疑，发人深省，说服力强。最形神兼备的是，这样的“形”不仅有严厉的“声”，而且有动人的“色”：芽儿是嫩绿的，有向深绿发展的必要和空间，宛如青年成长的初期；花儿是淡白的，带着纯洁的底蕴盛开，这样的贡献很纯粹，不含一丝杂质，宛如青年纯净的心地；而深红的果儿已到了成熟期，到了该采摘的时候了，宛如青年长大成人，离开父母羽翼的呵护自立于社会，并独立承担奉献的使命。冰心以反复的手法，将自己要阐述的道理层层递进，让读者特别是青年在朗朗上口、不断重复的句式中知晓道理，渐感肩头责任的重大，给人一种砥砺内心的力量。冰心在另外一首小诗里，以呼告似的语气，对青年人进行了总结性的规劝：“青年人呵！/为着后来的回忆，/小心着意的描你现在的图画（《繁星》一六）”（冰心，2011：37）。

冰心受泰戈尔的影响很深，她曾在《我是怎样写〈繁星〉和〈春水〉的》一文中回忆道：“我自己写《繁星》和《春水》的时候，并不是在写诗，只是受了泰戈尔《飞鸟集》的影响，把自己许多‘零碎的思想’，收集在一个集子里而已。”（冰心，2011：5）冰心这些“零碎的思想”所附丽的意象，特别是花与果的意象，是对泰戈尔《飞鸟集》中意象“青出于蓝”的继承与发展，例如，泰戈尔在《飞鸟集》中对“叶”“花”“果”的关系曾有过这样经典的阐述：“绿叶恋爱时便成了花，花崇拜时便成了果实”（泰戈尔，2001：163）。再例如，泰戈尔曾这样生动地写过花与果的对话：“你离我有多远呢，果实呀？”“我是藏在你的心里呢，花呀”（泰戈尔，2001：157）。聪慧的冰心在大师潜移默化的影响下，将基督教、佛教、儒教相糅合，形成了自己母爱、童心和自然为主要内容的“爱的哲学”。一方面，她描写具象的花与果，带着淡淡的愁绪揭示其中浅显易懂的哲理：“对着幽艳的花儿凝望，/ 为着将来的果子 / 只得留它开在枝头了。”（《春水》九一）”（冰心，2011：169）这首诗与另外一首小诗可互为补充，讲述的都是同一个道理，有花才有果，为了明天果实的丰收，要让今天的花朵灿然盛放：“人从枝上折下花儿来，/ 供在瓶里—— / 到结果的时候，/ 却对着空枝叹息。”（《繁星》九五）（冰心，2011：75）“冰心这些趣味盎然、发人深思的格言式小诗，多有淡淡的哀愁”（浦漫汀，1993：530）。读者在略带凄美的意境中，更易在沉静中默想，领悟那些司空见惯却鲜有思索的人生哲理，朴素而悠长……

另一方面，冰心扩大了“花”与“果”的外延，将之延伸至抽象的领域，使花与果的内涵更丰富，阐述的道理更深刻：

> 修养的花儿
> 在寂静中开过去了，
> 成功的果子
> 便要在光明里结实。
> （《春水》一二五）（冰心，2011：193）

这首小诗里“修养的花儿”指代“有修养的人”。《现代汉语词典》这样解释“修养”一词：“指理论、知识、艺术、思想等方面的一定水平；指养成的正确的待人处事的态度”（中国社会科学院语言研究所词典编辑室，2000：1417）。在这首小诗里冰心用“寂静”一词暗示“寂静”是获得“修养”的一种最佳的内省状态。淡泊明志、不张扬方能修炼出完善的人格，即学养和品德的练就需要一颗甘于寂寞的自然之心。伟大的思想家培根也曾说过：“而一个善于沉默的人，则显得有尊严。所以说，善于沉默是一种修养”（培根，1987：44）。因此，“修养的花”在寂静中默默绽放，这是一种花儿的自然本分，也是花儿高风亮节的体现。宁静以致远，自然的盛开、自然的凋谢使“春花”以尊贵之姿，默默无闻地完成了孕育“秋果”的使命，让累累“成功的果子”在光明中挂满枝头。这里冰心用了“光明”而不是“阳光”一词，这与她于中学和大学在教会学校接受过基督教的教义有密切的关系。我们知道，“基督教以光明和白光象征上帝的光辉”（董榆萍，2012：55）。冰心在另一首小诗里也曾这样写道：“我只是一个弱者！ / 光明的十字架 / 容我背上罢，/ 我要抛弃了性天里 / 暗淡的星辰。”（《春水》二六）（冰心，2011：135）虽然弱小，但化“暗淡”为“光明”是冰心那颗仁爱之心中的一个渺小而伟大的心愿。冰心在《〈冰心全集〉自序——我的文学生活》（北新书局1932年出版）一文中曾说过：“中学四年之中……我所得的只是英文知识，同时因着基督教义的影响，潜隐地形成了我自己的‘爱’的哲学。”（冰心，1982：32）冰心宛如一朵有修养的花，默默地汲取着童真、母爱和大自然散发出的温暖之光，在这首小诗里将爱的哲学娓娓道来。她认为，在寂静中充实内涵、提升修养后，沐浴在圣光中的果实是一种成功，更是一种幸福，是修养之花的一种丰收形式。冰心把哲理寓于形象中，在阐述默默耕耘会带来成功，修养会结出美德之果时，她避开了枯燥的口号式的说理，让哲理之光透过诗性的语言优美地呈现出来。难怪冰心笔下的这朵“修养的花儿”很温暖、很优雅，成了关于“修养”名言中的一朵永不凋谢的思想之花。

由此可见，“冰心的小诗具有丰富而深刻的哲理，所以我们说她的诗是典型的哲理诗”（浦漫汀，2010：262）。除了“修养的花儿”，冰心另一朵“经验的花”也耐人寻味：

> 经验的花
> 结了智慧的果，

智慧的果
却包着烦恼的核！
（《春水》一四六）（冰心，2011：205）

这首小诗里，最出彩的不是“经验的花”，而是“智慧的果”与“烦恼的核”。冰心巧妙地用比喻的手法，以辩证的观点阐述了获得智慧后的喜悦与获取智慧过程中的烦恼。岁月沉淀的智慧是经验的产物，而丰富的经验是无数经历的累积。在质变的过程中，参悟智慧的那颗慧心会在磨难中历练成坚强的心。一枚“烦恼的核”瞬间让诗歌的诗味喷薄而出，如咀嚼一枚思想的青橄榄，那种清凉的苦涩味与淡淡的甘甜味让人回味无穷……透过花儿看到果实，透过果肉看到果核，透过果核看到果仁，冰心宛如一位大智若愚的智者，以一双带着童真却能看透本质的慧眼，让我们从一枚小小的果核中感悟到获取大智慧的艰辛。大自然中深藏于果肉中的一枚枚不起眼的果核：橄榄核、樱桃核、枣核、桃核、李核、杏核……似乎也诗意般地飞入我们的脑海，对我们进行哲理性的“头脑风暴”。

冰心另外一首小诗里“沉默的果儿”也颇让人陷入沉思：

风雨后——
花儿的芬芳过去了，
花儿的颜色过去了，
果儿沉默的在枝上悬着。
花的价值，
要因着果儿而定了！
（《繁星》一三六）（冰心，2011：101）

在这首小诗里，冰心以芬芳的花和沉默的果进行对比，将外在美和内在美灵动地呈现出来。花儿象征着外在美，果儿象征着内在美。沁人心脾的花香和五彩缤纷的花色，在经历人生挫折与风雨的摧残后会香消玉殒，而果儿却以强大的生命力在生命树的枝头默默无闻地“悬着”。沉默是金，让人敬佩，一个“悬”字刻画了果儿与凄风苦雨抗争后的坚韧与坚强。因此，只有让外在表面的东西转化为内在深沉的东西，美才有实力，美才有持久的生命力。“花的价值，要因着果儿而定了！”是此诗中富含哲理的一句闪光的话，它告诫我们：外在之美的价值只有通过内在之美才能完美地体现出来，而其价值的大小亦有差别。冰心暗示，只有花儿与果儿两者转换与结合得最佳，才能最大化地显示出花儿的价值，反之亦然。伟大的思想家培根在他的随笔名篇《论美》一文中也曾这样精辟地总结道：“因此，应该把美的形貌与美的德行结合起来。这样，美才会放射出夺目的光辉。”（培根，1987：187）

热爱自然的冰心，用她那颗温柔的心和那双灵巧的手帮我们机智而理性地梳理了大自然中司空见惯的花与果的自然现象，她的一朵朵哲理之花和一枚枚哲理之果让我们掩卷沉思……但百密一疏，她笔下偶尔也有诗意不够饱满的花朵，如她的“言论的花”：“言论的花儿/开得愈大，/行为的果子/结得愈小。”（《繁星》四五）（冰心，2011：47）冰心这首小诗更多的是一句修身语录，它其实是对一句英谚的诠释：“Action speaks louder than words.”（行动比言语响亮）。中文也有类似的俗语和谚语，例如：“语言的巨人，行动的矮子”“行动胜于语言”“多言不如少言，少言不如实干”，等等。冰心把“花儿”暗喻为“言论”，把“果子”暗喻为“行为”，并以两个相互对立的结果“愈大”与“愈小”形成鲜明的对照，告诫人们要重行动，轻言语；夸夸其谈成就不了大事业，唯有埋头苦干才能有所作为。但“花儿愈大”与“果子愈小”之间似乎缺乏必要的逻辑桥梁的衔接，小诗也缺乏诗情的渲染，显得说教的成分居多。虽然朗朗上口，但诗意显得有些苍白，有呼口号式的直白之嫌……尽管如此，这首小诗给人教义、给人正能量，很多人特别是孩子们仍然对这首简单易记的小诗喜爱有加。

2. 抽象之花的哲理

除了上文所提及的哲理之花和哲理之果，冰心的小诗里还有几朵含义隽永的抽象之花：闻名遐迩的"成功的花"、虚无渺茫的"幻想的花"、美丽遥远的"梦中天花"、茕茕独立的"墙角的花"、让人怜悯的"栏内的花"、惹人怜爱的"瓶中的花"……最惹人注目的是一朵引领冰心创作和做人的"同情的花"。

在《繁星·春水》中"成功的花"是一首脍炙人口的小诗，有一种力透纸背的光辉力量：

成功的花，
人们只惊慕她现时的明艳！
然而当初她的芽儿，
浸透了奋斗的泪泉，
洒遍了牺牲的血雨。
（《繁星》五五）（冰心，2011：53）

这是冰心最著名的一首哲理诗，也是"五四哲理诗"中的一首代表作。"以抒情诗的外衣包裹理性内核，这也正是五四哲理诗的主要特点"（石锋，2005：94）。在这首托物言志的小诗中，冰心以花和芽为意象进行抒情，阐明成功的秘诀。冰心以"成功的花"隐喻"成功者"，以"芽儿"隐喻"奋斗者"，指出没有奋斗便没有成功。奋斗的过程异常艰辛，流出的不是几滴泪水，而是如汩汩泉水般蓄满的泪池；奋斗的过程也异常惨烈，淌出的也不是几滴血，而是血液汇成的雨。短短的五行诗，冰心对词汇的把控非常严苛，“浸”中带“透”，“洒”中带“遍”，“泪”中带“泉”，“血”中带“雨”，力度非常大，让习惯安逸的心刹那觉醒：通向成功的路是一条战场上你死我活地拼杀后的血路，有血淋淋的伤口，更有撕心裂肺的牺牲。冰心力图让人们知晓，透过路途终点这朵“成功的花”的明艳，人们应该看到奋斗之路上那一片片拱土而出的血色的芽。“形象”与“哲理”的高度融合使这首小诗成为励志的名篇，激励着一代一代的有志者为理想拼搏，为人生奋斗。

此外，冰心还告诫大家，要想成为“成功的花”，必须抛弃手中“幻想的花”：

聪明人！
抛弃你手里幻想的花罢！
她只是虚无缥缈的，
反分却你眼底春光。
（《繁星》一三七）（冰心，2011：205）

冰心向“聪明人”进行呼告：不能聪明反被聪明误，一味耽于幻想，聪明者会蜕变为愚蠢者。因为“幻想的花”根本不是花，它没有生命力，虚无缥缈得连自然之花的凋落、败谢过程都没有，它倏忽而来，倏忽而去，因此要果决地“抛弃”幻想的花。“抛弃”二字带有千钧之力，以惊叹号结尾更是让沉湎于白日梦者倏然惊醒：我们人生的光阴何等珍贵，被“不是花的花儿”分却了有限的眼底春光，何等不值！由此可见，虽然冰心“幻想的花”与“成功的花”盛开于截然相对的两个时空，但它们在一“虚”一“实”中相得益彰，有异曲同工之妙。盛开于地面的成功之花所产生的“圆形”气场，与盛开于空中的“幻想的花”所产生的“圆形”气场，可相互交汇、重合，甚至可以重叠为一个“同心圆”，因为它们的圆心是一致的，都是实干。它们阐述了一致的人生哲理：要抛弃没有实干内容的空想，唯有奋斗方有成功。

聪慧的冰心有着辩证的思想，却并不走极端，她没有把幻想打入死牢，打入“无望”的深渊，而是实事求是地给幻想以“希望”的位置，虽然这个位置被一种无奈的气氛所笼罩，但她仍然给不可企及的念想腾出温暖的一隅于梦里：

梦里采撷的天花，
醒来不见了——
我的朋友！
人生原有些愿望！
只能永久的寄在幻想里！
（《春水》一三五）（冰心，2011：201）

冰心用“采撷”一词传达了一种丰收般的喜悦心情，天花原意是玉米的雄花穗，因长在植株的顶部，故称为“天花”。而冰心这首小诗里的“天花”是指“人生愿望”“幻想之花”“梦之花”，让人脑海中仿佛浮现出天女散花的浪漫与飘逸，美得让人飘飘欲仙……但梦中的欣喜与梦醒后的失落形成鲜明的反差，冰心以和朋友促膝谈心的方式，巧妙地推出格言般的话语：“人生原有些愿望！只能永久的寄在幻想里！”两个醒目的惊叹号把人从形象思维拉回理性思维，让人理智地接受现实，很有说服力。但“天花”那种海市蜃楼般让人心醉的唯美状态，也让现实中的人们回味与憧憬……

冰心丰富的想象力也源于她对大自然深厚的爱。对自然之美的广博吸收使冰心有一颗开放的心。她认为人要拥抱自然，接受大自然的洗礼，才会有宽广的胸襟和广阔的天地。她的小诗“墙角的花”催人走出孤僻的“小我“，拓宽精彩的“大我”：

墙角的花！
你孤芳自赏时，
天地便小了。
（《春水》三三）（冰心，2011：137）

“墙角的花”暗示“自我幽闭者”，冰心提醒偏狭于一隅者，当处于逼仄的自然环境时，如果不抗争，再自我幽闭，这双重的幽囚是致命的：它将使自己的视野比井底之蛙还狭小。冰心采撷了这朵孤寂的“墙角的花”给孤芳自赏者一掌猛击。短短的三行诗，言简意赅，将哲理寓于形象，以善意的规劝发人深省，对自我幽闭者进行了讽刺与鞭挞。

自我幽闭可怕，外在人为的幽闭也同样可怕。在另一首哲理小诗里冰心写道：

只能提着壶儿
看她憔悴——
同情的水
从何灌溉呢？
她原是栏内的花呵！
（《春水》二一）（冰心，2011：131）

冰心认为要打开心扉，以一颗开放的心接纳外在的爱——“同情的水”，否则被外在人为的栅栏阻隔的“栏内的花”会因缺水而憔悴、凋零。同理，如果人给自己设立坚硬的铁栅栏，茕茕独立于栏内，那也终会因缺爱而陨灭。除了对“栏内的花”有怜悯之心，冰心对瓶中的插花也心生恻隐：

世人呵！
暂时的花儿
原不配供在永久的瓶里，
这稚弱的生机，
请你怜悯罢！
（《春水》一二一）（冰心，2011：191）

小诗中，冰心礼貌地以俯首之姿用了一个“请”字，生动地传达出她对瓶花的怜爱之情和她希望将这种怜悯之心推而广之的诚挚愿望。由于“瓶中的花”会凋谢，而最致命的是它凋谢后也不会结果，所以它是“暂时的花”，与有永久生命力的花瓶形成了鲜明的对比。但是稚嫩弱小的瓶花也有生命的活力，一方面冰心希望大家不要采花，让花儿留在永久的枝上，因为花儿“原不配供在永久的瓶里”；另一方面，冰心认为花儿一旦被采摘，变为瓶花，它以自己的牺牲给室内带来春色，人们要懂得珍爱和怜惜。故冰心恳请世人不伤害弱小的生命体，对于转瞬即逝的生命现象不能漠视，而要心生怜意……

冰心有着一颗悲天悯人的心，在《繁星·春水》中“同情的花”是一朵比较特别的心灵之花，它孕育于诗人的心中，悄然开放于诗人的笔端：

诗人从他的心中
滴出快乐和忧愁的血。
在不知不觉里
已成了世界上同情的花。
（《春水》一〇六）（冰心，2011：181）

冰心以哲理小诗的形式对抽象化的诗理进行了形象化的阐述。冰心认为诗人在创作时要情感真挚，呕心沥血。诗人心中滴出的心血，无论是快乐的还是忧愁的，只要带着真情实感，其作品就会有生机勃勃的内在活力。这样的作品不会被历史的尘埃湮没，而会在和风细雨中不知不觉地破土盛开，开成世界上的“同情之花”。这朵“同情的花”是诗人“心血之花”的外露，当诗人关爱天下苍生，并为苍生泣血呐喊时，诗人的心血便获得了最大价值的回报，高尚无私的心田才会盛开出“同情的花”。冰心呼吁诗人们创作时要有一颗同情的心、要有一份悲悯天下的情怀、要把关怀天下苍生作为写作的信条……简言之，心中要有“爱”特别是要有“仁爱”，只有这样“同情的花”才是一朵“博爱的花”和“仁慈的花”，才会怒放于世界这个大舞台。著名哲学家叔本华曾说过：“一切仁爱（博爱、仁慈）都是同情”（叔本华，1996：395）。叔本华还阐述道：“纯粹的爱（希腊语的“博爱”，拉丁语的“仁慈”），按其性质说就是（同病相怜的）同情，至于由此所减轻的痛苦则可大可小，而任何未曾满足的愿望总不出乎大小痛苦之外”（叔本华，1996：396）。

关于爱和同情的关系，1924年冰心在《寄小读者 通讯十九》中进行过形象化的描述，成为脍炙人口的名言：“爱在右，同情在左，走在生命路的两旁，随时撒种，随时开花，将这一径长途，点缀得香花弥漫，使穿枝拂叶的行人，踏着荆棘，不觉得痛苦，有泪可落，也不是悲凉”（冰心，2002：180）。冰心心地善良、纯洁，她在讴歌“爱”的同时念念不忘“同情”，同情是一种仁爱。在很多人忽略同情——爱的一个重要组成部分时，冰心却把“同情”置于与“爱”同等重要的位置。她让两者居于平起平坐的地位：在生命的路上，如果只有右边的爱之花在盛开，而左侧一片荒芜，那这样的生命风景是不优美的，这样的生命旅途是不完美的，这样的生命是不完整的生命。因此，冰心倡导：播种爱、收获爱的同时也要播种同情才能收获真情。在生命路上，只有让同情之花和爱之花在左右两侧同时盛开，这样充满鸟语花香的生命才是优质的生命，纵使这条生命路上铺满了荆棘，行走在生命之途的旅人也会以苦为乐、忍痛流着泪水踏歌而行。同情与爱应该永远相伴相行，密不可分。由此可见，“同情”特别是“善意的同情”亦是冰心“爱的哲学”的一个非常重要的组成部分，构成了她写作的一个重要的情感基石。1932年冰心在总结自己十年来的创作时也曾这样说：“……我有坚定的信仰和深厚的同情”（冰心，1982：37）。因此，“冰心小诗中的小花是沐浴在爱之光中的善之花、美之花和哲理之花”（董榆萍，2014：50）。

3. 结语

综上所述，哲理性强是冰心名作《繁星·春水》的一个重要的艺术特点。一花一世界，冰心将哲理寓于形象，把对“花”或“果”意象的抒情上升到理性的高度，对花开花落、开花结果的自然现象进行哲思，从而在感悟中或含而不露或直抒胸臆地阐述人生道理。她以隽永的语言、缜密的逻辑、凝练的笔调、简约的结构，言简意赅地将具象的花和抽象的花提升为“哲理之花”，以格言和警句般的诗语将诗歌与哲学这对近邻相融合，使形象思维与理性思维在交融中有机衔接，不仅给人美的感悟，更给人灵魂的触动和行动的指南。由于有着深邃的思想内核，《繁星·春水》中带着哲理意蕴的花儿不仅为冰心母爱、童心和自然为主要内容的“爱的哲学”做了精彩的诠释，而且这束给人启迪和深思的“哲理之花”的盛放，为“五四哲理诗”添香增彩，无声地推动着《繁星·春水》成为“五四哲理诗”的一个重要组成部分。

参考文献

[1] Abrams, M.H, Stephen Greenblatt. The Norton Anthology of English Literature[M]. New York. London: W.W. Norton &Company, 2001: 1893–1898.

[2] Allison, Alexander W. The Norton Anthology of Poetry[M]. New York: W.W. Norton & Company, 1975.

[3] Bain, Carl E. The Norton Introduction to Literature[M]. New York: W.W. Norton & Company. INC. 1973.

[4] Claridge, Henry. General Introduction[A]. The Scarlet Letter. Nathaniel Hawthorne. Wordsworth Editions Limited, 1999:VII–XX.

[5] Colacurcio, Michael J. Footsteps of Ann Hutchinson: The Context of The Scarlet Letter[A]. The Scarlet Letter and Other Writings [C] New York. London : Person, Leland S. W.W. Norton & Company, 2005.

[6] Gross, R. Iron. Stone and Rose. 2017–10–09.www.linkedin.com/pulse.

[7] Hawthorne, Nathaniel. The Scarlet Letter[M]. Wordsworth Editions Limited, 1992.

[8] Hogins, James Burl. Literature: Poetry[M]. Chicago: Science

Research Associates, INC. , 1973.

[9] Ley, Gerd de. Translated by PETER DARBO and DAVID POTTER. International Dictionary of Proverbs[M]. New York: HIPPOCRENE BOOKS, 1998.

[10]Perrine, Laurence. Sound and Sense: An Introduction to Poetry[M]. New York: Harcourt Brace Jovanovich, INC. , 1982.

[11] Ridout, R., Witting, C. English Proverbs Explained[M]. London: Pan Books Ltd. 1969.

[12] Simpson, J. A. The Concise Oxford Dictionary of Proverbs[M]. Oxford: Oxford University Press, 1982：190−191.

[13] Smith, W. G. The Oxford Dictionary of English Proverbs（second edition） [M].Oxford: The Clarendon Press, 1952.

[14] Terpening, William. The Picture of Oscar Wilde: A Brief Life [EB/OL].2005−08−15.http://www.victorianweb.org/authors/wilde/wildebio.html.

[15] Wilde, Oscar. The Complete Fairy Tales Of Oscar Wilde [M]. Shanghai: Foreign Language Teaching and Research Press, 2010.

[16] 阿尼金，B. JI.（苏联）. 人民的智慧 [C]// 中国民间文艺研究会上海分会 . 民间文艺集刊：第六集 . 上海：上海文艺出版社，1984.

[17] 艾米 . 山楂树之恋 [M]. 南京：江苏人民出版社，2009.

[18] 边玉珍，王璐 . 英语谚语荟萃 [M]. 延吉：延边人民出版社，2003.8.

[19] 冰心 . 冰心论创作 [M]. 上海：上海文艺出版社，1982.

[20] 冰心 . 冰心全集：冰心译著选集（上册）[M]. 卓如，编 . 福州：海峡文艺出版社，1986.

[21] 冰心 . 冰心诗选 [M]. 杭州：浙江文艺出版社，2000.

[22] 冰心 . 冰心诗文精选 [M]. 张秀枫编 . 北京：北京工业大学出版社，2013.

[23] 冰心 . 冰心作品集 [M]. 太原：北岳文艺出版社，2002.

[24] 冰心 . 繁星 · 春水 [M]. 凯利（Cayley, J.），鲍贵思（Boynton, G..M.），译 . 南京：译林出版社，2011.

[25] 陈应松，高伐林，杨匡满 . 世界爱情诗一百首 [M]. 武汉：长江文艺出版社，2002.

[26] 程郁缀 . 历代诗歌爱情佳句辞典 [M]. 北京：中国妇女出版社，1990.

[27] Chong, Jia-Rui & Melissa Martin. 哈佛蓝星双语名著导读：红字 [M]. 刘建喜，译 . 天津：天津科技翻译出版公司，2003.

[28] 董素华 . 英语名诗欣赏 [M]. 延吉：延边人民出版社，2003.

[29] 董翔晓，鲁效阳，谢天振，包幼华 . 英国文学名家 [M]. 哈尔滨：黑龙江人民出版社，1984.

[30] 董榆萍 . 冰心《繁星 · 春水》中小花的深意 [J]. 文学教育，2014，12（上）：50-52.

[31] 董榆萍 . 冰心《繁星 · 春水》中的哲理之花 [J]. 名作欣赏，2015，11（中）：139-143.

[32] 董榆萍 . 古诗中“荷”与英诗中“玫瑰”的爱情意象欣赏 [C]// 外语教师职业发展中的教学和语言文学研究 . 哈尔滨：黑龙江人民出版社，2006: 427-439.

[33] 董榆萍 . 莎士比亚十四行诗中“玫瑰”意象对主题的表现 [J]. 上海理工大学学报，2008（1）：71-75.

[34] 董榆萍 . 试论莎士比亚的十四行诗 [J]. 上海机械学院：教学研究，1988（4）：107-108.

[35] 董榆萍 . 《夜莺与玫瑰》中红玫瑰的象征意义 [J]. 上海理工大学学报（社会科学版），2012，34（1）：52-56.

[36] 董榆萍 . 英语诗歌中“玫瑰”意象赏析 [C]// 外国语言文学研究论丛 . 哈尔滨：黑龙江人民出版社，2007：165−171.

[37] 杜德雷 , 皮埃尔 − 约瑟夫 . 玫瑰 [M]. 西安：陕西师范大学出版社，2003.

[38] 方平译 . 白朗宁夫人抒情十四行诗集 [M]. 成都：四川人民出版社，1982.

[39] 非诚勿扰：电影原声大碟 北京：华谊兄弟音乐有限公司，2008.

[40] 冯小刚 . 非诚勿扰 [M]. 武汉：湖北长江出版集团 / 长江文艺出版社，2008.

[41] 格罗塞 . 艺术的起源 [M]. 商务印书馆，1984.

[42] 葛志宏，孟丽 . 英语格言 900 句 [M]. 北京：中国书籍出版社，1999.1.

[43] 桂扬清 . 埃文河畔的巨人莎士比亚 [M]. 上海外语教育出版社，2001.

[44] 过常宝，黄偲奇 . 花文化 [M]. 北京：中国经济出版 ,2013.

[45] 何功杰 . 英美诗歌 [M]. 合肥 : 安徽教育出版社，2003.

[46] 黄杲炘 . 英语爱情诗一百首 [M]. 北京：中国对外翻译出版公司，1993.

[47] 黄杲炘 . 英国抒情诗 100 首 [M]. 上海译文出版社，1998.

[48] 黄彦，沈力勤，郝耀华，等 . 古今中外谚语大观 [M]. 北京：中国旅游出版社，1988.

[49] 黄源深，周立人 . 外国文学欣赏与批评 [M]. 上海：上海外语教育出版社，2003.

[50] 霍桑 . 红字——霍桑作品集 [M]. 杭州：浙江文艺出版社，1991.

[51] 蒋小平 . 徐晨光，彭一中，等 . 世界谚语精选 (英、汉对照)[M].

长沙：中南工业大学出版社，1996.6.
[52] 赖余编．常用英语谚语 [M]. 南昌：江西人民出版社，1982.3.
[53] 雷杜德，皮埃尔·约瑟夫．玫瑰 [M]. 西安：陕西师范大学出版社，2003.
[54] 黎伟东，林泽，纪浩然，等．智慧的花朵 外国谚语选续辑 [M]. 南宁：广西人民出版社，1983.
[55] 李广元．色彩艺术学 [M]. 哈尔滨：黑龙江美术出版社，2000.
[56] 李正栓．美国文学学习指南 [M]. 北京：清华大学出版社，2006.
[57] 连畔编．英语格言菁华 [M]. 香港：上海书局有限公司，1978.
[58] 梁实秋．中英对照莎士比亚全集 40：The Sonnets: 十四行诗 [M]. 中国广播电视出版社，2002.
[59] 凌茜．生存的世俗与唯美的追求——浅析王尔德《夜莺与玫瑰》中的唯美主义艺术观 [J]. 甘肃社会科学，2008（4）：46–48.
[60] 孟贵蕴．论冰心前期创作中的“十字架”情结 [J]. 东方论坛，2001（3）：46–49.
[61] 莫洛亚，安德烈（法国）．爱的气候 [C]// 范英，陆求实：学生名言佳句手册．上海：文汇出版社，2003.
[62] 聂珍钊，杜娟，唐红梅，等．英国文学的伦理学批评 [M]. 武汉：华中师范大学出版社，2007.
[63] 宁倩．美国文学名家 [M]. 哈尔滨：黑龙江人民出版社，1983.
[64] 宁宇．诗人的风流 [C]// 诗人的爱情诗．成都：四川文艺出版社，1987.
[65] 培根，弗兰西斯．人生论 [M]. 何新，译．长沙：湖南人民出版社，1987.
[66] 皮兹罗，斯蒂芬．廊桥时代的乡村爱情故事——杰克．格林

谈《廊桥遗梦》的拍摄 [J]. 冠平，木凡，译 . 电影艺术，1996（4）：91–95.
[67] 浦漫汀 . 冰心名作欣赏 [M]. 北京：中国和平出版社，2007.
[68] 深幻，王立译 . 天堂玫瑰 [M]. 北京：北京出版社，2004.
[69] 沈爱莲 . 谚海明珠 [M]. 太原：山西人民出版社，1983.
[70] 石锋 . 论现代诗派知性诗对五四哲理诗的超越 [J]. 沈阳工程学院学报（社会科学版），2005，1（1）：93–95.
[71] 石璢 . 英诗初阶 [M]. 西安：西北工业大学出版社，1987.
[72] 叔本华 . 叔本华文集：作为意志和表象的世界卷 [M]. 石冲白，译 . 西宁：青海人民出版社，1996.
[73] 泰戈尔 . 泰戈尔散文诗全集 [M]. 冰心等，译 . 北京：北京燕山出版社，2001.
[74] 莎士比亚 . 十四行诗集 [M]. 屠岸，译 . 上海：上海译文出版社，1981.
[75] 王滨滨 . 游戏中的启迪——具体诗浅析 [J]. 外国文学评论，1990（4）：74–78.
[76] 王炳根 . 我和玫瑰花 [C]// 浦漫汀 . 冰心名作欣赏 . 北京：中国和平出版社，2007.
[77] 王德春 . 一门新的语言学分科——国俗语义学略论 [C]// 国俗语义研究 . 上海：上海外语教育出版社，1998.
[78] 王德春，杨素英，黄月圆 . 汉英谚语与文化 [M]. 上海：上海外语教育出版社，2003.3.
[79] 王晶波 .《夜莺与玫瑰》中的唯美主义 [J]. 大庆师范学院学报，Vol. 27，No. 3，2007（6）：107–109.
[80] 王诺 . 外国文学——人学蕴涵的发掘与寻思 [M]. 北京：科学出版社，1999.
[81] 王忠祥 . 真、善、美的统一——评莎士比亚的《十四行诗》[C]//

贺祥麟，等．莎士比亚研究文集．西安：陕西人民出版社，1982.
[82] 魏蓓．此情可待成追忆：漫谈《山楂树之恋》[J]. 电影文学：2011（04）.
[83] 沃勒(Waller, R.J.). 廊桥遗梦(纪念版)[M]. 资中筠，译．南京：译林出版社，2012.
[84] 沃勒，罗伯特·詹姆斯．梦系廊桥 [M]. 宋文伟，侯萍，译．南京：译林出版社，2002.
[85] 吴笛．阴暗土地上的辉煌的罪恶——评霍桑的《红字》[C]// 红字——霍桑作品集．杭州：浙江文艺出版社，1991.
[86] 吴慧，陈佳颖．走出男权藩篱的新女性——评霍桑《红字》中的海丝特·白兰 [J]. 美中外语，2006（12）：1–4.
[87] 肖凤．一片冰心在玉壶 [M]. 天津：天津教育出版社，2013.
[88] 肖鹏．中学生英语诗歌精选 [M]. 广州：世界图书出版公司，2003.
[89] 阎纯德．繁星（节选八首）[C]// 浦漫汀．冰心名作欣赏．北京：中国和平出版社，2010.
[90] 阎纯德．繁星(四十一首)[C]// 浦漫汀．冰心名作欣赏．北京：中国和平出版社，1993.
[91] 阎从军．三维解读王尔德的《夜莺与玫瑰》[J]. 西安文理学院学报（社会科学版），2005（100）：29–33.
[92] 杨鸿儒．爱情诗评译 [M]. 北京：华文出版社，2001.
[93] 殷宝书．怎样欣赏英美诗歌 [M]. 北京：北京出版社，1985.
[94] 袁德成．爱就是火——英美爱情诗选评 [M]. 成都：四川人民出版社，2000.
[95] 袁峰．从《夜莺与玫瑰》看王尔德唯美思想与现实的搏弈 [J]. 文史博览（理论），2008（7）：16–17.
[96] 袁可嘉．彭斯抒情诗选 [M]. 长沙：湖南文艺出版社，1996.

[97] 张莉，刘晓茜．清醒的扑火飞蛾——从《夜莺与玫瑰》看王尔德的矛盾性 [J]. 中州大学学报，2004（4）：38–39.

[98] 张梦机．诗经 [M]. 上海：文汇出版社，2002.

[99] 张银玲，黄河．《夜莺与玫瑰》中王尔德式美学观 [J]. 重庆电力高等专科学校学报，Vol. 10，No. 3，2005（9）：52–54.

[100] 赵澧，徐京安．唯美主义 [M]. 北京；中国人民大学出版社，1988.

[101] 曾剑．枪炮与玫瑰 [M]. 北京：解放军文艺出版社，2009.

[102] 郑勋烈，倪海曙．谚语手册 [M]. 上海：知识出版社，1985.5.

[103] 中国社会科学院语言研究所词典编辑室．现代汉语词典（修订本）[M]. 北京：商务印书馆，2000.

[104] 周武忠，陈筱燕．花与中国文化 [M]. 北京：中国农业出版社，1999.

[105] 周永启．英诗 200 首赏译 [M]. 海口：海南出版社，2003.

[106] 朱正健．4500 双解英语谚语 [M]. 上海：上海世纪出版集 团译文出版社，2006.

后 记

本书凝聚了我十余年的心血。

从2008年我开始写第一篇关于玫瑰的论文《莎士比亚十四行诗中“玫瑰”意象对主题的表现》，到2018年我写出论文《世界谚语中“玫瑰”意象赏析》，这十余年书香伴花香，我一直沉醉在玫瑰那缕迷人的芳香中……

不忘初心，方得始终。感谢那颗“红玫瑰的心”一直搏动在我的胸腔，让我一直热爱生活、热爱教学、热爱学生、热爱文学……让我在文学评论这块园地里，聚焦到了“玫瑰”这个点上，一直掘井不辍。十余年挖掘，持之以恒，终于清澈的井水“汩汩”流出，收获了十四篇关于玫瑰的论文。

花开花落，四季轮回，长路漫漫。本书是我教研生涯中关于“玫瑰赏析”的一个阶段性成果。

玫瑰，是美的象征，爱的化身。追寻玫瑰，就是追寻心中至高无上的美和爱。在追寻玫瑰的过程中，感谢我的学生和我的亲朋好友们，特别要感谢我的女儿和妹妹董爱萍给予我的精神支持，感谢我酷爱花卉的爸爸董致中给予我的写作灵感，感谢我的挚友杨涛和小妹妹董娟给予我的温馨鼓励……

正如“玫瑰有刺”一样，本书的瑕疵在所难免，敬请各位专家、学者批评指正。

怀着感恩的心，在此我向各位虔诚地奉上这本小册子，一起欣赏这朵带刺的玫瑰。在“玫瑰赏析”中，一起获得爱的感悟……

董榆萍

2018年于上海